U0466115

谜底

中方 ◆ 著

江苏凤凰文艺出版社

图书在版编目（CIP）数据

谜底 / 中方著 . — 南京：江苏凤凰文艺出版社
2017.8
ISBN 978-7-5594-0866-2

Ⅰ.①谜… Ⅱ.①中… Ⅲ.①长篇小说—中国—当代
Ⅳ.① I247.5

中国版本图书馆 CIP 数据核字 (2017) 第 167820 号

书　　　名	谜底
著　　　者	中　方
责 任 编 辑	胡　泊　查品才
出 版 发 行	江苏凤凰文艺出版社
出版社地址	南京市中央路 165 号，邮编：210009
出版社网址	http://www.jswenyi.com
印　　　刷	苏州市越洋印刷有限公司
开　　　本	880×1230 毫米 1/32
印　　　张	6.375
字　　　数	200 千字
版　　　次	2017 年 8 月第 1 版　2017 年 8 月第 1 次印刷
标 准 书 号	ISBN 978-7-5594-0866-2
定　　　价	40.00 元

（江苏凤凰文艺版图书凡印刷、装订错误可随时向承印厂调换）

序

这部原创作品将会刷新你对小说的认知,颠覆你对图书的定义,因为它不再仅仅是一堆单调的文字,也不是天马行空的臆想,而是一场感官上的饕餮盛宴,还是一场挑战你智商的烧脑比赛。近百张插图时间跨度二十余年,震撼人心,真实到令人窒息!生动地还原了故事的来龙去脉。

故事发生在二〇一七年春节前。

一张神秘的照片将故事主人公中方引入了在苏州斜塘老街举办的一场叫"'东方之谜'中国传统文化大赛"的直播现场,他阴差阳错地代替了缺席的八号选手,最后竟然还获得了冠军,这不禁引起了所有人的怀疑,因为比赛题目涵盖了诗词歌赋、字画、对联、谜语、戏曲、伦理、兵法、象棋、瓷器等等,学问并不深的中方是如何做到的?天意,还是暗藏玄机?

精心策划的脚本,出乎意料的剧情,失去控制的场面,匪夷所思的真相……

当谜底被抽丝剥茧、层层揭开后,所有人惊呆了,二十二道题目竟然完美地串联起了中方的人生经历。

真相后的真相,谜底里的谜底……

特别鸣谢

陈　超老师
张长新老师
高希路老师
周振兰老师
吴兴汉老师
卢元超老师
朱　君老师
李守坤老师

本书根据真实故事改写

目录

一	神秘的快递	001
二	今夕是何年	005
三	第八位选手	008
四	惊人的逆袭	017
五	树静风不止	035
六	满树樱桃花	054
七	特殊的春联	060
八	为悦己者容	064
九	消失的象棋	069
十	新兵上镇了	074
十一	最窘愚人节	079
十二	奇妙的五官	082
十三	鸟儿的评说	085
十四	完美的陷阱	099
十五	意外的重逢	106
十六	飘走的愿望	116
十七	天真遇水深	120
十八	最忆是杭州	124

十九	大闹结婚宴	137
二十	古城再相遇	147
二十一	夭折的爱情	153
二十二	精心的阴谋	159
二十三	此生的遗憾	175
二十四	七夕的来信	178
二十五	水落而石出	181
二十六	照片的秘密	184
二十七	终皆大欢喜	187

附一	互动小游戏	190
附二	中国的世界遗产名录	191
附三	那些年，我们一同走过	194
附四	致父亲的一封信	197

一　神秘的快递

在古城苏州，素来有"东斜西渎"之说，"西渎"指的是姑苏城西的千年古镇木渎，众所周知，而位于姑苏城东的"东斜"斜塘就鲜为人知了。

其实，斜塘也有千年历史了，它自古便是车水马龙、商贾云集之地，而今，则成了外来务工者的天堂。

二〇一六年农历腊月二十八，斜塘已经沉浸在浓浓的年味里了。莲花二区八十幢，一个普通出租房里，一个叫中方的年轻人正在收拾行李，准备搭老同学毕越的顺路车回山东老家过年。

"至于么？租的房子，又不是自个儿的，弄的这么精

致干吗呀?这又是古代屏风,又是假山盆景的,玩穿越呢你?"说话的就是中方的老同学毕越。

中方瞟了他一眼,说:"亏你也是学艺术的,这叫格调,懂不?"

毕越撇了撇嘴,说:"对!俺不懂,俺是山里来的。"

中方无奈地笑了笑,说:"这么多年没见,还是那死德性,贫!再贫把你上了,信不?"

毕越调侃地说:"就你?呵呵,有那作案动机,可否有作案工具?"

"嘿,你还来劲是不?"说着中方像孩子一样顺势把毕越压倒在了床上。

毕越边试图推开中方边说:"别闹!快收拾吧,收拾完了好投入咱中国的三大运动之一——春运。"

中方觉得很新鲜。"啥玩意?什么三大运动?那另外两样是什么?"

"你起来我就告诉你!"

"你告诉我我就起来!"

"你先起来!"

"你先告诉我!"

正在这时,传来了急促的敲门声:"咚咚咚!咚咚咚!"

中方慢慢站起身来,纳闷地向门那边走去,小声嘀咕着:"都到这天儿上了,谁啊这是?"

"咚咚咚!咚咚咚!"又是几声。

中方轻轻地凑到门镜前一看,原来是位快递小哥,于是就开了门。

"你好,有你一份快递,请签收一下。"快递小哥微笑着递过来一个小巧的方盒子。

中方疑惑地摸了摸脑袋,说:"可我最近好像并没有买东西啊?"

快递小哥又对照了一下地址,胸有成竹地说:"没错!就是这里!也许是你朋友送的新年礼物啊!"

中方接过盒子,看了看上面的地址,确实是自己的,算了,管它呢,又不用付钱,收下再说,于是便签下了自己的名字。

回到屋里,中方跟做贼似的反锁了门,忐忑不安地盯着手中的小盒子。

"搞什么啊？鬼鬼祟祟地。"说完毕越过来一把抢过了盒子，一边拆着一边坐回了床上。

中方目不转睛地看着毕越手里的盒子。

"啊——"毕越惊恐地大叫了一声，随即手中的盒子也落到了地上，一张卡片顺势从盒子里散离出来，隐约还能看到上面有字。

中方不屑一顾地说："一张纸而已，至于吗？一惊一乍的。"

毕越惊魂未定地指着地上的卡片，结结巴巴地说："你……你……你自己看，反过来看，吓死了。"

中方半信半疑地弯腰捡起了卡片，翻了过来，原来这是一张照片，拍的是一双脚，一双没有穿袜子的畸形的脚，乍一看，确实有点吓人。

中方盯着照片，看着看着竟然流起了眼泪。

毕越不解地问："咋了？你咋哭了呢？"

中方抽泣着说："这是俺姥姥的脚。"

毕越皱起了眉头，说："可我记得，你说过她老人家已经过世好几年了啊。再说了，你咋就知道这是她的脚呢？"

中方气呼呼地说："我当然知道！我从小就在她家长大的，天天看着这双脚，你说我不知道？"

毕越愤愤不平地说："嘿，你冲我发啥脾气啊。大过年的，我绕道走苏州拉你回老家，难不成还得受你的气?!"

中方也意识到自己有点过分了，于是连忙道歉："对不起，对不起。"

毕越瞪了中方一眼，鼻子里冒出一个字："哼！"

中方突然想起照片背面有字，于是他赶紧翻了过去，只见背面写着两

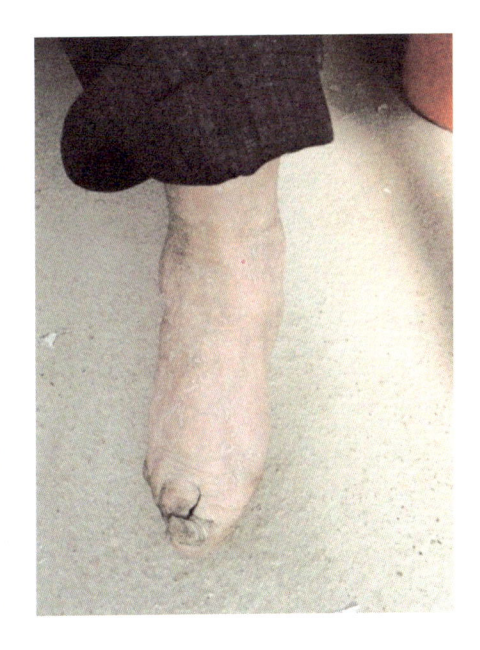

行铅笔字：

  欲寻谜底，只身一人，到斜塘老街今夕是何年！

  记住：过错，短暂的遗憾；错过，永远的遗憾！

  中方的心悬了起来，这会是谁呢？他实在猜不出，更琢磨不透那个人出于何种目的。

  一旁的毕越也瞟见了照片上的字，好奇地问道："谁呀？神神秘秘的。"

  中方看了毕越一眼，说："我也不知道，但我要去，因为我最大的遗憾就是没能陪姥姥走完最后的日子，甚至连她一张照片都没有留下。一想到这，我就心如刀绞。如果可能的话，我愿意付出任何代价来换取见姥姥最后一面。寄照片给我的这个神秘人那里肯定不止这一张照片，你说呢？"

  毕越点头表示认同。

  "那，要不，你先自己回老家，我晚一天再回？"说完中方都觉得有点难为情。

  毕越想了想，有点失落地点点头，说："好吧。"

  中方把照片揣进了口袋里，拍了拍毕越的肩膀说："好兄弟，谢谢理解！那我去了，记得临走把门带上！"

  说完，中方便开门出去了。

  毕越像是突然想起什么似的，说："对了。"

  "什么？"中方回头看着毕越。

  "中国三大运动，除了春运，另外两样是选秀和广场舞。"

  说完两人都笑了。

二　今夕是何年

斜塘老街,离莲花二区并不是很远,中方边走边想,等待自己的会是什么呢?一丝莫名的恐惧在他心底油然而生,虽然他也说不清楚自己在恐惧什么。人往往对不可预见的事物充满了矛盾和纠结,既期待又害怕,既兴奋又紧张。

走到最后一个十字路口时,正好赶上了红灯,站在那,中方觉得眼前的十字路口就像是一个躺在地上的十字架,而自己像是即将要被钉上去接受审判。

终于,绿灯亮了,中方向路对面走去,过了路口,老街就近在咫尺了。

说起斜塘老街,那绝对是传统文化精髓与现代发达科技相碰撞而产生的美丽火花。漫步其间,古朴的粉墙黛瓦与青石板交相辉映,街临着河,河又穿过了街;亭台轩榭,雕梁画栋,古树奇石,点缀其间,古色古香的纯手工实木门窗,工艺精湛到让人叹为观止,仿佛是数百年前王公贵戚家的后花园。现如今上百家商铺云集于此,错落交织。

此刻的中方,当然无心欣赏这如诗如画的景致。

大概是临近年关的缘故吧,老街上行人寥若晨星。虽然中方对老街并不陌生,但都是走马观花,从未仔细逛过,此时让他在上百家商户中寻一家从未听过的店,谈何容易。他像是游走在迷宫,一圈下来,寻找未果。他开始怀疑那个店是否真实存在,该不会是个恶作剧吧?仔细想来也不该啊,那照片上分明是姥姥的脚。路旁的树上,一只蜘蛛纹丝不动地在网上守候着自己的猎物。

正在中方怀疑之际,一个无心的回首,意外地发现,就在自己身后不远处,花草掩映的墙上,若隐若现着五个字:今夕是何年。

中方转过身,向那边走去。

严格地说,这是一家带院子

的店,院门就在店名旁边,那是两扇对开的黑色木门,特别的是,门两旁有一副对联。

上联:**鲁肃遣子问路**。

下联:**阳明笑启东窗**。

横批:**话不老镜中人**。

对于从小就痴迷谜语和对联的中方,此谜联他并不陌生,好像是江西九江一场谜语大会上出现的。它巧妙之处在于嵌入了历史人物,还一语双关,既是谜语,又是对联,而谜底也出人意料,竟然是最常见的礼貌用语,真是妙趣横生。中方紧绷的心稍微放松了一点,因为他觉得,一个热衷传统文化的人,心胸应该也是开阔的。

三 第八位选手

中方按照谜底的意思,推开了院门,一股淡淡的檀香沁人心脾,里面走廊迂回,别有洞天。

"你好!"一位古装打扮的姑娘不知何时已来到中方跟前。

"我……我……"中方不知道怎么介绍自己才好。

"你来得正好,马上就开始了,"姑娘指着前面,说,"这边请。"

中方稀里糊涂地就跟在姑娘身后走进了院里一座仿古的楼阁。中方觉得新鲜好奇,还有点紧张,既像刘姥姥进大观园,又像刘邦赴鸿门宴。

楼阁里原本应该宽敞通透,只是不知道为何,大白天的却把四周的门窗用深色的帘布遮了起来,黑咕隆咚的,倒是里面花卉造型的灯饰显得巧夺天工。

等中方慢慢适应了这暗房里的亮度,才发现这好像是一个演出现场,最前面是一个略高于地面的戏台,两旁两根朱漆木柱又高又粗,柱子上刻着一副对联:

或为君子小人,或为才子佳人,登

场便见；

　　有时欢天喜地，有时哭天喊地，转眼皆空。

　　戏台正上方的大横匾上是横批：

　　今夕是何年。

　　通俗易懂的一副对联，却将小小的戏台诠释得淋漓尽致，入木三分。台下早已坐满了观众，前后十多排，高度是排排递增。中方的出现，并未引起人们的注意，他们依旧谈笑风生。这时，给中方带路的那位姑娘被另一位穿着同样衣服的姑娘叫走了，剩下中方傻乎乎地站在那里不知所措。

　　突然，灯光暗了下来，观众们也随即安静了下来。

　　戏台后面的背景上出现了几颗星星，在黑暗中发出晶莹璀璨的光，似乎能穿透人们的魂魄，现在的舞台好像大都喜欢选择这种高科技显示屏作为背景。中方扫视了一下全场，发现在最前排的边上，刚好有一席空位，他索性走过去坐了下来。

　　全场鸦雀无声，人们全神贯注地看着戏台之上。

　　戏台背景的屏幕上，一轮皎洁的明月从右方缓缓向中间升起，照亮了大半个戏台，如梦如幻。

　　弦音初响，如蜻蜓点水，欲发欲收，如凤凰在梧桐树梢盘旋欲落，又如溪水潺潺，流淌在每个人的心灵深处，勾起无限遐想。演奏的曲子正是《水调歌头·明月几时有》，空灵清澈，引人入胜，仿佛穿越到了当初那个风清云淡、天高月朗的夜晚。

　　明月几时有，

　　把酒问青天。

　　不知天上宫阙，

　　今夕是何年。

　　我欲乘风归去，

　　又恐琼楼玉宇。

　　……

　　琴声已经令人心旷神怡，歌声更是如清风拂过，甘露滴落花瓣。而视觉上的震撼也随歌声同步上演,背景画面上,月光下出现了亭台楼阁的轮廓。接着是花园里百花争艳,凭栏处,一位像是从天上坠落凡间的仙女清秀绝俗,脸如明珠生晕,美玉荧光,眉目间略带一丝淡淡的忧伤。

她慢慢站起,令人不可思议的是,她竟然从画面上走了出来,让人看不出一点破绽。

人有悲欢离合,

月有阴晴圆缺,

此事古难全。

但愿人长久,

千里共婵娟。

歌声就飘自这位古装女子的口中,一曲唱完,在热烈的掌声中,她点头致谢。

中方觉得台上这位表演者似曾相识,但又有点不太像,况且她还身着古装,实在不好辨认。

就在这时,台上的女子轻轻转身向背景画面走去,最后又不露痕迹地融入了画里,不禁让观众啧啧称奇。

中方也随观众一起鼓掌,突然他感觉有人碰了自己一下,他转头一看,原来是坐在左边的一个和自己年纪相仿的男生,那个男生小声问中方:

"你好像不是八号选手撒?"

听口音,中方判断这个男生应该是四川的。

"什么选手?我不知道啊!"

"那你是来做啥子的撒?"男生语气中似乎带着点鄙夷,让中方有点不自在。

"我……我看这里空着,就……就坐下了啊。"中方有点语无伦次。

"瓜娃子!"说完男孩目光从中方身上移到了戏台,中方也跟着这向戏台望去。

一位主持人打扮的男青年从戏台的右侧向戏台中央走来,聚光灯打在他身上,轮廓英俊帅气,眉清目秀,鼻梁高挺,嘴角微扬。他笑着对台下说:"一曲古词,一位画中美人,仿佛带我们回到了千年前那个月明之夜,这就是中国文化的魅力。近年来,一股强大的文化风席卷全球,你们知道是什么风吗?"

"中国风!"观众们异口同声。

"没错！如今,在韩国,孩子们热衷学写毛笔字,俄罗斯的姑娘们迷上学中国话,英国大妈饭后的谈资变成了孔子,美国小伙子更是跳着街舞'报菜名',中国风吹到哪里,哪里便会掀起学习中国文化的狂潮。然而与之形成鲜明对比的是,就在中国文化的发源地,咱自己的这片土地上,传统文化的传承正经受着前所未有的严峻考验,当今,笔尖文化变成了指尖文化,现代的年轻人已经不愿意浪费时间去思考自己想要表达的意思,而更愿意用'哦''呵呵''醉了'之类的网络用语取而代之。更有甚者,还出现了更奇葩的代替词,什么'蓝瘦'啊、'香菇'啊。几千年积淀下来的文化精髓正在被鲸吞蚕食,被淡忘、被遗弃,语言表达上的词汇贫乏,令人心寒。"

全场一片安静,人们陷入沉思。

"当然,让人欣慰的是,近两年,各文化领域的热心人士也关注到传统文化传承这个紧迫的问题。尤其是经过各方努力,一批高质量高水准的文化类电视节目应运而生。如中国汉字听写大会、中国成语大会、中国诗词大会等等,让人看得热血沸腾,跃跃欲试,但是,很多人也感慨,自己也是满腹才情,却屡屡错过报名机会,大家有没有这种感觉?"

"有！"

"其实,人生就是在一场场错过之后,不断完善自己,好等待下一次机会的降临,所以呢,请看大屏幕！"

屏幕上出现了一行金光闪闪的大字:"'东方之谜'中国传统文化大会。"

主持人指着屏幕激情澎湃地说:"对！首届'东方之谜'中国传统文化大会网络比赛不负众望,如约而至！带你领略东方神韵,感悟中国智慧。在此之前,经过八场网络分赛层层选拔,产生了八个分赛区的冠军。"

聚光灯依次扫过台下第一排的八个座位,中方本想起身解释,无奈被这超导发光晶体产生的强光照得眼睛都睁不开。

"这注定是一场特别烧脑的知识竞赛,一场佼佼者的终极对决,同时它也是一场对传统文化致敬的盛宴！"

又是一片掌声。

"别感觉咱比赛场地选在姑苏城外一个小镇上,就微不足道,你们看,乌镇,承办了世界互联网大会;横店,成了东方好莱坞;博鳌,则成了亚洲论坛的代名词,所以,在中国,不要小看任何一个镇,或许,不久的将来它就会缔造出奇迹!"

观众们都点头赞同主持人的观点。

"首先介绍一下刚才开场舞演出的那位画中美人。她,是一位才女,从小饱读诗书,四书五经、二十四史,无所不通,无所不晓!她也是咱大会的三位点评嘉宾之一,同时她另一个身份就是咱比赛场地的提供者,这家店的老板,她就是艾女士!有请!"

当中方听到主持人说"艾女士"时,他松了口气,原来是自己多虑了,不是她,只是长得有几分相似而已。

掌声中,艾女士再一次从画中走了出来,她微笑着说:"欢迎大家齐聚苏州,刚才主持人把我夸得有点过头了,其实本人就是平常小女子一个,这样吧,我作为东道主,送大家一副对联吧,好不好?"

"好!"

"饮碧螺春,品江南丝竹;登虎丘塔,论天下园林!"

后面有位观众冒出一句:"来个横批呗。"

"天上人间!"艾女士脱口而出。

掌声四起,不绝于耳。

艾女士在掌声中向戏台左侧走去,那里晶莹剔透的墙原来是一面珠帘。珠帘缓缓卷起,现出一个巨型根雕茶几,茶几上摆着茶具,围着茶几的是三个造型优雅的红木太师椅,艾女士坐在了靠边的那把上。

"第二位点评嘉宾,马云——"

观众们瞪大了眼睛,张大了嘴巴,简直不敢相信自己的耳朵。

"女士!"在吊足了大家的胃口后,主持人道出了真相,误解的人们略微有些失落,主持人赶忙补充了两句:"咱这位马老师可比你们想的那位优秀多了,最起码在颜值上、文学研究上、艺术造诣上,是没有可比性的,来!有请来白香港中文大学的资深教授马老师!"

一位神采奕奕的阿姨从右侧走上了戏台,点头致意后,走向了嘉宾席,和艾女士握手问好后坐在了中间那把椅子上。

"最后一位,他是毕业于中央美术学院的青年才俊,他不但画功深厚,而且对古代诗书字画颇有研究,同时,他还是国家非物质文化遗产传承人,他就是多才多艺的施荣生老师,欢迎!"

一位文质彬彬的中年男人笑着走了出来,坐到了嘉宾席最后一把椅子上。

"咱的三位点评嘉宾,主要负责解难答疑,对部分有争议的题目进行剖析,咱的比赛宗旨就是在比赛中学习,在学习中进步,点燃你心中对中国传统文化的热情,比赛全程将进行网络直播。"

中方几次想起身,但都觉得有点不合时宜。

"比赛的内容很丰满,囊括了诗词、字画、对联、谜语、戏曲、兵法、瓷器等中国特有的文化元素,而比赛的规则相对来说就很骨感了,任何选手只要答错任何一道题,便会被淘汰出局,答到最后的一位即是冠军,冠军的奖金是五十万元人民币!"

中方觉得再不站起来说明情况的话就来不及了,于是"嗖"地一下站起来了。

主持人吓了一跳:"哎呀!这位选手别激动!"

中方支支吾吾地说:"对不起,我不是选手。"

"啊?"主持人和观众都有些惊讶。

"我不是选手,我是来找谜底的。"

主持人笑了:"你真幽默,这里哪位不是来找谜底的啊?"

中方急忙解释说:"我怎么说你才明白呢?其实,我只是做小生意的,卖包饼的而已。"

"包饼?那是个啥子东西嘛。"旁边的四川口音男生阴阳怪气地接了一句。

中方一听这话,心里有点不悦,在他的心里,可以不尊重他,但不可以不尊重包饼,因为他现在所拥有的一切,都是包饼所赐予的。他转头看了看四川男生,说:"包饼啊,和你一样,它不是个东西!"

"敢骂老子嘛!"四川男生指着中方,"你一个卖啥子包饼的瓜娃子,硬是混进我们文化圈做啥子!真的是鱼目混珠的撒!"

观众忍不住偷笑着,现场有点混乱。

一位工作人员走到主持人身边,小声耳语了几句,主持人似懂非懂地点点头,保持着他那迷人的招牌微笑对观众说:"不好意思,现场出现了一点点小插曲,八号选手因为家中长辈生病,不能前来赴赛。"他指着中方,还用眼神暗示中方配合一下,"而这位帅哥,他只是个送外卖的。"

可出乎主持人意料的是,中方并未配合,而是纠正说:"我不是送外卖的!"

观众们有点迷茫,不知道是什么情况。

停顿了几秒钟后,中方又来一句:"我说了,我是来找谜底的!"

主持人无奈地笑了笑,问中方:"那请问你是什么学历?"

这是中方的痛点,他吞吞吐吐地说:"大学,但……但是自学的。"

主持人又笑了:"这么说来,那你还是个才子呢?"

观众们也都笑了。

主持人接着又问:"你说的包饼是什么?就是包子和饼吧?"他表情中透着轻蔑。

这回反倒是中方笑了,他说:"名字这事儿你不能这么按字面意思去咬文嚼字,按照你的逻辑,难不成你吃老婆饼还能吃出个老婆来?"

台下一片哄笑。

"所谓包饼,其实就是把各种串串放油锅里炸热后,涂上秘制的酱料,撒上秘制调味粉,然后用柔软有韧性的秘制煎饼包起来。"

"咋啥都是秘制的,整得跟保密局的似的。"

"不是跟你们吹,很多食客为了吃我家的饼专程从无锡、上海开车过来,这么说吧,你到了斜塘没吃小东包饼,就相当于游苏州不游虎丘。"

主持人有点尴尬和少许的被动,他摸了摸脑袋憨笑着说:"你看咱话题都跑偏了,既然都这样了,我就自作主张给你个机会,大门上那副对联估计你也看到了,假如你能……"

中方打断了主持人的话,说:"对不起,对于你们的比赛我没兴趣!"

"该不是怕了吧。"

"怕? 说不上!"

"是说不上来吧? 哈哈!"主持人似乎抓住了中方的软肋。

中方无奈地叹了口气,说:"好吧,门上的是一幅谜联,上联鲁肃遣子问路,鲁肃是三国的大夫,字子敬,遣子即是去掉子,还剩敬,问路就是请别人指道,所以谜底就是敬请指导。下联阳明笑启东窗,阳明是明代大儒,有典化无,回到字义的本身,就是太阳出来了,笑,暗合欢,太阳从东方升,打开东窗后,阳光自然降临了,谜底就是欢迎光临。再说横批,话不老镜中人,话即言,不老即青,言加青便是请,人这个字倒在镜子里就是入,所以横批的谜底就是请入。"

全场的人都听得目瞪口呆,因为就连他们当中都有许多人没琢磨出来谜底,现在却被一个社会底层的小生意人给诠释得有条有理,这不是很讽刺吗?

最受讽刺的当属主持人了,他本想给中方使个绊,却不料有心栽花,未开,无心插柳,反倒成了荫。可是话都说出去了,又不好收回,迫于无奈,主持人也只好为自己的话买单了,他敷衍地笑了笑,说:"看来人不可貌相,高手暗藏民间呀! 呵呵,既然如此,那就由这位、这位包饼哥代替八号参赛吧,大家觉得呢?"

观众们鼓掌表示赞成。

"接下来介绍一下几位选手,东部赛区的冠军花瑞,西部赛区金地,南部赛区白荷,北部赛区秦汉,中部赛区包容,港澳台特区木子新,网络专区胡岩,最后一位海外专区的杨林因事缺席,所以就暂由有这位包饼哥补上。"

中方脸上闪过一丝微笑,虽然不易察觉,但是还被细心的主持人捕捉到了。

"包饼哥,你在笑什么? 是在沾沾自喜吗?"

"不不不! 我只是……只是……"中方有点不好意思说似的。

"只是? 只是什么?"

"好吧,我说了大家可不要生气噢,可能是跟我的职业有关系吧,我发现这几位选手的名字里都有跟蔬菜有关系的字,你看,一号花瑞,花菜,然后金针菇、白菜、芹菜、包菜、木耳、胡萝卜、洋葱。"

中方说完了,尴尬地转头看了看左边的几位选手。

随后,全场都笑了。

主持人不屑一顾地看着中方,说:"难怪你穿得跟刚买完菜的广场舞大妈似的。"

"广场舞大妈哪有工夫来这里呀,她们都去联合国申遗广场舞去了,不然又像端午节、拔河、李时珍那样被韩国抢了先。"

中方的幽默又引起阵阵掌声,他,都快成为比赛的亮点了。

有一双眼睛一直注视着这一切,原本精心策划的脚本,出乎意料的情节,已失去控制的场面,不可预知的结果,这双眼睛焦虑却又无可奈何,只好先不露声色地看着。

"来!言归正传!请选手们检查一下面前的电子答题屏。"

中方这才注意到面前微斜的桌面和身后的观众那边的略有不同,原来这是一面电子答题屏。

按照屏上提示,他手指连续点击了几次来回移动的十字符,校对显示设备正常。

在确认一切没有什么异常后,主持人郑重其事地说:"我宣布,二〇一六年首届'东方之谜'中国传统文化大会正式开始!"

全场响起了热烈的掌声。

四　惊人的逆袭

"请听题,这是一道红色的题,之所以把它放在最前面,就是让大家别忘记,我们今天之所以能够过上幸福生活,能够坐在这里谈古论今,所有的前提都是革命先烈用鲜血和生命换来的。"

所有人都肃然起敬地认真听着。

"题目是这样的,《沂蒙山小调》是为数不多的被联合国教科文组织评为中国优秀民歌的一首歌曲,蜚声海内外,请问这首歌诞生于何时?

A 建党时期

B 建军时期

C 建国前后

D 改革开放时期

请选择!"

中方暗自庆幸,因为凑巧自己知道答案,他自信地在答题板上选了C。

几秒钟后,主持人宣布:"正确答案是C,这首歌诞生于沂蒙山脚下的白石屋村,前身是解放前的抗大文工团所作的《反对黄沙会》。一九五三年,山东军区政治部文工团重修词谱,正式定名为《沂蒙山小调》。其实还有一首歌也被教科文组织授予了同样的殊荣,那便是《茉莉花》。"

从观众惊奇的表情中不难发现,他们长见识了。

"很遗憾,首题就有选手出师不利,二号金地。"

二号有点垂头丧气,无奈地摇了摇头,随后他面前的答题屏就灭了。

"好！下一题，郑板桥，清代杰出的画家，他的成就不仅仅局限在画上，而是将诗、书、画融为一体，相映成趣，且寓意深刻，其中代表作《竹梅图》以物喻人，教育人们做人应该

A 清廉

B 清高

C 高雅

D 谦虚

请选择！"

……

"好！时间到！其实这道题的难点就在于四个选项有点相似，不好分辨，但，"主持人停顿了一下，吊足了大家胃口以后说，"答案是D，恭喜各位，全部答对！"

此时，中方已融入了比赛的氛围当中。

"请听第三题，中国幅员辽阔，自然名胜数不胜数，下面一组风景，请找出它们的联系规律，然后答出下一个，万里长城，天涯海角，长江三峡，珠穆朗玛，壶口瀑布，下一个是什么？请选手将答案写在答题板上。"

全场都挺安静，因为这道题有点难度，选手有的皱着眉头，有的挠着耳根，有的咬着手写笔若有所思。

"时间到！这回答案出现了分歧，一号回答的是泰山日出，三号的是井冈山主峰，四号是井冈山，五号是布达拉宫，六号是井冈山主峰，七号杭州西湖，八号包饼哥的是井冈山主峰，到底正确答案是什么？有请马老师为大家揭晓。"

最大的一盏聚光灯的光束从舞台中央移到了嘉宾席上，马老师微调了一下嘴边的话筒以后，说："这道题确实有点难度，而且也没有选项让你选，我倒是好奇八号选手怎么会写这个答案，能否分享一下你的答题思路？"

人们的目光聚集到了中方身上，让他有点不知所措，他羞涩地说："怎么说呢，其实也没怎么想，这不就是我小时候那套人民币背面的图案吗？"

马老师微笑着点点头，鼓起了掌。

观众们也恍然大悟，跟着鼓起了掌。

马老师接着又问："那你知道那是第几套人民币吗？"

中方摇了摇头。

马老师笑着伸出四个手指头,说:"第四套! 相信第四套人民币是很多从那个年代走过来的人难以忘怀的记忆。"

"好! 恭喜三号、四号、六号、八号四位选手答对,有点意思啊,专业的选手淘汰了一半,业余的却歪打正着。来! 进入下一题。**对联**,是文学百花园里的一支独秀,它比不上长篇大论的锦绣华章,也没有小说那么扣人心弦,但它却是才学与智慧的结晶,是短小而精悍的奇葩,常引得文人雅士为之精雕细琢、咬文嚼字,而对联和谜语的结缘更是奇葩中的精华,这里有一副谜联:

夫在外,肩挑日月;

妻居家,扭转乾坤。

请问夫妻俩共同从事的是什么行业? 请作答。"

……

"时间到! 四位选手的答案清一色,全写的卖豆腐,恭喜四位!"

中方有点不敢相信,自己真是太侥幸了,怎么就那么巧? 这几题他全会。

"下一题,请听题! **称谓**,本是用来标明血缘关系的,在中国,它却是一门艺术,据不完全统计,古往今来出现过上千种,它把原本盘根错节的关系变得尊卑不同、长幼有序、亲疏有异、内外有别,请问,下列属于妯娌关系的是哪一组?

A 妈妈和姑姑

B 姥姥和奶奶

C 妈妈和舅妈

D 妈妈和伯母

请答题。"

……

"时间到! 这道题其实就是一道送分题,正确答案是 D,四位全部答对!"

"说到称谓,我不得不提一下,当下很多称谓都变了味道,被曲解了,"发言的是施荣生老师,"最典型的就是小姐、农民、同志、大姨妈,几十年前还是尊称,如今却……唉!"

施老师的话得到了大家的共鸣。

"下一题。古代常用琴棋书画来形容一个人有才,其中棋便指象棋,象棋历史悠久,早在先秦时期已有记载,用具简单,趣味性极强。马走日字象飞田,车走直路炮翻山,士走斜路护将边,小卒一去不复返。二〇〇六年,象棋被列入国家非物质文化遗产。请问,一副标准的中国象棋有多少枚棋子?

A 三十二

B 三十四

C 三十六

D 三十八"

……

"正确答案是A,全部答对!"

"下一题,请看大屏幕!"

屏幕上出现了一幅十二宫格图案。

高	上	中	月
游	秋	楼	赏
对	月	时	九

"在十二宫格里面,选取任意字组成一首七言诗,字可以重复使用,请答题!"

中方瞪大了眼睛,难道是天意吗?他"龙飞凤舞",第一个提交了答案,连主持人都深感意外,调侃地说:"你平时做包饼也这么快吗?"

中方摇了摇头,说:"不!比这还要快!"他一本正经的表情让观众们忍俊不禁。

"时间到!咱看一下几位选手的答案。"主持人的话音刚落,屏幕右侧就显示出了四组答案,二号弃权,四号、五号、八号的答案如出一辙。

"请艾女士为大家揭晓答案!"

聚光灯下,艾女士宛若仙子,美不胜收,她指着屏幕说:"这是古诗里一种独特的表达方法,这种利用回环往复给人以绵延无尽、意兴盎然美感的修辞,叫回文体。正确答案是:

秋中赏月对高楼,

月对高楼九上游,

游上九楼高对月,

楼高对月赏中秋。"

"恭喜四号、五号、八号答对!顺便向大家汇报一下,目前,在线观看我们节目的网友已接近两百万,而且人数还在不断攀升。在这里,我代表全体工作人员,感谢大家的关注!好!让我们继续领略东方神韵,感悟中国智慧!请听题!**经常会有这种情况,很多再熟悉不过的诗句,当被问起前句或者后句时,我们竟无言以对,请问,士为知己者死的下一句是什么?**"

……

"果不其然,还真有人答不上来,正确答案是女为悦己者容,恭喜五号和八号!"

中方有种如履薄冰的感觉,随时准备被淘汰,但冥冥之中他又感觉上帝特别照顾自己。

"比赛继续,请听题:**它,有两千六百年历史,它与中国古代四大发明相提并论,它是中国的第三十项人类非物质文化遗产,它在世界各地方兴未艾,它在《清明上河图》中赵太丞家药铺里就有一件,请问,它……是什么?**"

……

"正确答案是算盘,恭喜两位!"

"请听下一题!**面对同一事物,仁者见仁,智者见智,会得出不同的结论。请问,**

假如从《甄嬛传》里温实初的职业角度看,人的五官指哪五官?"主持人说完,便在自己的脸上数了起来,还小声嘀咕着:"这道题也太简单了,眼睛、鼻子、嘴、耳朵、耳朵,诶?怎么少了一个?不对啊。诶?奇怪了……"

很多观众也在自己的脸上数了起来。

……

"时间到!看来这道题出得还是有点水平的,两位选手的答案一致,眼、耳、鼻、口、舌,有请施老师为大家作下解析。"

"其实,咱平时说的五官,指的是视觉上的,眉、眼、耳、鼻、口,而医学上的五官指的是眼、耳、鼻、口、舌。看过《甄嬛传》的人都知道,温实初是一位太医。所以两位选手的答案完全正确!"

现场响起了热烈的掌声。

"比赛继续,请听题!**孝,这个字,上边是半个老,下边是一个子,意思是孩子小的时候,大人在上面为孩子遮风挡雨,等孩子大了,父母老都走不动了,孩子就背着父母走。其实,何止是人,就连动物都有孝的意识,据《本草纲目》记载:此鸟初生,母哺六十日,长则反哺六十日,请问,此鸟指的是什么鸟?**"

就在听到主持人说"孝"字的时候,中方的眼睛湿了,因为这是几年来中方心中不能触碰的伤。

"这道题估计有点常识的人都知道答案,乌鸦,两位都答对了。"

"说到乌鸦反哺这个典故,我向大家推荐一小段精粹美文,是有关动物的:

鹁鸽呼雏,乌鸦反哺,仁也;鹿得草而鸣其群,蜂见花而聚其众,义也;羊羔跪乳,马不欺母,礼也;蜘蛛罗网以为食,蝼蚁塞穴以避水,智也;鸡非晓而不鸣,燕非社而不至,信也。禽兽尚有五常,人为万物之灵,岂无一得乎?

这是清代官员邓仲岳在断一起兄弟争夺家产的案子时所作的妙批,使案子未断而结。"

马老师的渊博学识获得了热烈的掌声。

掌声刚要停下来,施老师又接上了话茬:"不知道大家有没有看过网络上广为流传的一道残忍的亲情计算题,说是假如你的父母还能健康地活三十年,你能陪他们多久呢?得出的结果触目惊心,尤其是身在异地的子女,竟然只有区区两个月的时间,多让人揪心啊。想想看,我们在妈妈的肚子里十个月,然后在她的怀里两三年,在她的手里五六年,在她的眼睛里十几年,而最后却只能活在她的耳朵里。"

现场响起了《时间都去哪了》,观众们沉默不语,陷入了深思,有些观众眼睛里还泛起了泪光。

"也许,这就是我们比赛的魅力所在,在这个过程中,我们自我反省,找回童真,重拾那份被忽略的亲情。"主持人深深地叹了口气,"其实,人生最大的遗憾,莫过于当你终于实现了梦想,却没了那个真心与你分享喜悦的人,当你终于有时间了,却没了那个值得你花时间陪伴的人。咱继续比赛!请听题。**八仙过海的故事家喻户晓,请问,它出自哪本小说?**"

……

"两位选手的答案都是《东游记》。诶?看来本人真的才疏学浅,马老师,有《东游记》这本小说吗?"

马老师笑着点点头,说:"有!《南游记》《北游记》也有,只不过都没有《西游记》出名,但这四小说都是创作于明朝。八仙过海是典型的道教传说,处处体现着道教哲学,八位神仙分别代表男、女、老、少、贫、富、贵、弱,同时对应着乾、坤、震、巽、坎、离、艮、兑,八位神仙各自的故事独立成章,作者吴元泰把这些故事整合起来,便有了《东游记》。"

"那恭喜两位答对!下一题,请看大屏幕!"

只见大屏幕上出现了一幅模糊朦胧的画卷。

很快屏幕上的画渐渐淡去,消失了。

"自古跟苏州有关的文化元素就数不胜数,诗词、传说、园林、刺绣、字画等等,太多太多,但有那么一群最不起眼的妇女们,却最能折射出苏州千年的文化底蕴,也是古城发达的手工业和商业的缩影,她们就是苏州十二娘,分别是船娘、绣娘、织娘、茶娘、扇娘、灯娘、琴娘、蚕娘、花娘、蚌娘、歌娘,请问,还有什么娘?"

现场一片安静,因为这道题的难度系数相对较大,假如不是特别了解苏州的话,即使是看了画,也是很难回答上来的。

五号看了看中方,脸上写满了自信,似乎冠军他志在必得似的。

"好!时间到!看来两位选手较上劲了,答案都写了画娘,恭喜两位答对!我还以为包饼哥会写饼娘呢,哈哈。"

台下一阵哄笑。

……

"请听下一题。**自古,人们日出而作,日落而息,其实所有生命都有各自的作息时间。请问,牵牛花在一天之中哪个时间段开花?**

A 半夜

B 清晨

C 晌午

D 傍晚"

……

"两位都选了 B,对错与否,请艾女士揭晓!"

"既然说到了花草,那我不得不夸赞一下咱的中草药,中华几千年,风云变幻,中草药功不可没,护佑着中华儿女。人生百病,天生百草,百草医百病。它,就地取材,例如本题中牵牛花的种子就可以入药,牵牛花每天清晨日出之前的四五点钟开花。"

中方听着艾女士的声音是如此熟悉,难道只是巧合吗?

"好!恭喜两位!请听下一题。**瓷器,是中国对人类文明的伟大贡献,在英语里,瓷器和中国甚至用同一个词。很多瓷器工艺水平之高,令今天的人们都叹为观止。**

近几年,瓷器频频拍卖出天价,引得全球瞩目。中国历来有三大瓷都之说,江西景德镇、福建德化,请问第三个是哪里?"

现场的气氛开始紧张起来,因为分分钟都可能诞生冠军。

……

"嘿!两位选手又撞答案了,写的都是湖南醴陵。来!施老师,你是美院出身,最有发言权。"

"说起瓷都,景德镇自然首屈一指,它以工艺闻名天下,景德镇瓷器经常作为国礼赠予外国元首;再说德化,它盛产白瓷,享有中国白的美誉,是海上丝绸之路的主角,前两年,在咱们中国南海海域打捞上来的古沉船里,六万多件精美绝伦的瓷器就大都出自这里;第三个便是湖南的醴陵,自古就有天下名瓷出醴陵之说,它还荣耀地走进了人民大会堂、中南海和毛主席纪念堂。"

"恭喜两位!又是平手。请听下一题。二〇一六年九月,因为一场国际会议,全球的目光聚焦杭州。西湖之上,张艺谋导演了足以媲美北京奥运会开幕式的人间画卷。西湖,从来就是个不乏传说的地方,它是世界文化遗产名录里,中国唯一一个湖泊类遗产。白娘子的传说让雷峰塔家喻户晓,而与之隔湖相望的宝石山上也有一座塔,同样有着动人的美丽传说,请问,这座塔叫什么塔?"

……

"两位选手真是有默契呀,都回答了保俶塔,对不对呢?"

观众们屏住呼吸,期待着答案揭晓。

"还是让我来说说这座塔的来历吧,因为我就是地地道道的杭州人,说是北宋年间,西子湖畔的宝石山下,住着两兄弟,老大已娶妻生女,老二一人在吴江做点小生意。战乱连年,朝廷征兵,老大不幸被抓,押解途中,路经吴江,巧遇老二。得知原委后,老二念及哥哥家有妻女,而自己则孤身一人,于是在宿营时偷换了哥哥。嫂子知道此事后深受感动,便天天在宝石山上烧香祈祷,并立志要为小叔建一座长生塔来保佑他,乡亲们听说后,出钱出力,不久他便建成了,取名保叔塔。"

有的观众替选手遗憾地摇了摇头,唉,一字只差啊。

只见主持人笑了笑,接着说:"后来有一天,新任杭州知府游览西湖时,听闻此塔是宋嫂为保佑小叔而造,便在塔下赋诗一首:

为何保叔不保夫,

叔何亲密夫何疏?

纵然掏尽钱江水,

难洗娇娘一身污。

宋嫂知道后很生气,于是在后面续了四句:

叔叔出征代奴夫,

为报深恩造浮屠。

奴心好似西湖水,

州官何须费猜度?

后来,乡亲们为了避免后人误解,便将叔改成了俶,所以,恭喜两位答对!"

现场自然又响起了热烈的掌声。

"请听下一题!**说到三,人们可能会想到桃园三结义;说到十二,会想到金陵十二钗;说到七十二,会想到孙悟空七十二变;说到一百零八,可能会想到梁山好汉。嘿!四大名著全出来了。不过考的可不是这个,说到八八四八,会想到珠穆朗玛峰,说到两万五,会想到红军长征,这些数字俨然已经成了代名词,那请问你知道数字一三四五能代表什么吗?说出一项即可。**"

这真是一道烧脑的题,从观众们的表情来看,似乎没人能说得上来。

……

"时间到!两位选手答案再度相撞,都答的是中国铁轨的宽度,很遗憾,我只能说——"

观众们的心悬了起来。

"恭喜两位!没错!正是相距一千三百四十五毫米的两根铁轨,肩负着全世界规模最大的人类迁徙,尤其是咱们的高铁,里程全世界第一,质量更是领先全球!"

……

"**汉字是迄今为止连续使用时间最长的文字,也是上古时期各大文字体系中唯一传承至今的文字,中国历代皆以汉字为主要官方文字。汉字在古代已发展至高度完备的水准,不单中国使用,在很长时期内还充当东亚地区唯一的国际交流文字,**

二十世纪前都是日本、朝鲜、越南等国家官方的书面规范文字。请问,根据日本最早与汉字发生关系的文献与实物推断,汉字是在中国哪个朝代传入日本的?

　　A 秦朝

　　B 汉朝

　　C 隋朝

　　D 唐朝"

　　……

"正确答案是 B,恭喜两位!再次答对!下面这题,你们有耳福了,**给你们看一段表演,请说出剧种和剧名**,有请嘉宾艾女士!"

掌声中,戏台的灯光暗了下来,屏幕上再次出现了一片繁花似锦的景象,艾女士不知何时已悄悄换了身衣服,暗藏在了繁花之中。

一声梆子响起,清脆又有意境,随即笛、笙、瑟、琵二胡齐奏,艾女士也令人称奇地再次从画中走了出来。

"春季里风吹万物生,

　　花红叶绿草青青。

　　桃花艳,梨花浓,

　　杏花茂盛,

　　扑人面的杨花飞满城。

　　夏季里端阳五月天,

　　火红的石榴白玉簪。

　　爱它一阵黄啊黄昏雨,

　　出水的荷花,

　　亭亭玉立在晚风前。

　　秋季里天高气转凉,

　　登高赏菊过重阳。

　　枫叶流丹就在那秋山上,

丹桂飘飘分外香。

冬季里雪纷纷,
梅花雪里显精神,
水仙在案头添呀添风韵,
迎春花开一片金。
我一言说不尽,
春夏秋冬花似锦。
……"

声音婉转动人,观众们听得如鱼浮水、如茎持花,如痴如醉。接近尾声的时候,这花中仙子又梦幻般地走进了繁花之中,而观众们仍然沉醉戏中,意犹未尽。

"好!五号选手的答案是评剧《花为媒》,再看一下包饼哥的,他的答案是评剧《报花名》,到底冠军花落谁家呢?请艾女士公布吧。"

嘉宾席那边,演出完的艾女士早已回到了座位,她捋了捋衣袖,说:"这是评剧,毫无争议。评剧,盛行于北方,甚至有学者认为其是仅次于国粹京剧的剧种,它是清末在河北滦县一带的对口莲花落基础上形成的,经国务院批准,首批被列入国家非物质文化遗产名录,刚才我唱的是评剧经典《花为媒》选段之《报花名》,改编自《聊斋志异》里的故事《子寄生》,两位选手的答案,都算对吧。"

"两位选手真是棋逢对手、将遇良才啊!请听下一题。**中国的饮食文化源远流长、博大精深,中国人对美食的讲究和要求几近苛刻,千差万别的地理环境和气候,也造就了风味各异的八大菜系,请问,是哪八大菜系?**"

……

中方简直不敢相信自己的耳朵,真的会有如此之巧吗?纯属巧合,还是有人特意安排,他不禁掐了自己一下,疼!看来是真的!

"五号选手的答案是川、粤、湘、浙、鲁、苏、徽、闽,包饼哥的答案是鲁、川、粤、苏、浙、闽、湘、徽,除了次序排列不同,其实答案还是一样的,而且完全正确!"

"还真的是难分伯仲了,好,请听下一题!**三十六计,是中国古代军事谋略中的精髓和宝贵遗产,其中所蕴含的极高智慧和哲学辩证法,对现代战争依然具**

有重要的指导意义,令人啧啧称奇。其中有一计,叫作暗度陈仓,请问,陈仓位于当今的哪个城市?"

……

"看来终于要一锤定音啦,冠军到底是学富五车的五号,还是才高八斗的八号呢?五号的答案是汉中,八号的答案是宝鸡。请马老师来揭晓正确答案吧。"

所有人的注意力都聚焦到了马老师身上。

"暗度陈仓啊,讲的是楚汉之争,项羽倚仗兵强,违背了先入关中者为王的约定,封先入关中的刘邦为汉王,自封西楚霸王。刘邦听从谋臣张良的献计,从关中回汉中的时候,烧毁栈桥,表明自己不再进关,暗地里却率主力军抄小路偷袭陈仓,进而攻入咸阳。比喻表面上故作姿态,暗地里却另有所图,其中的陈仓,位于今天的陕西省宝鸡市。"

现场观众掌声喝彩连成一片,因为这个结果太出人意料了,冠军竟然是中方。

"我倒是觉得这个成语用在包饼哥身上再合适不过啦,表面上故作姿态,暗地里却另有所图。包饼哥,你真的如自己所说,仅仅是个卖什么包饼的吗?"

主持人这么一说,说出了很多观众心中的疑问,见中方一脸的茫然,他便趁热打铁地说:"你能否给大家展现一下你平时是如何叫卖的?"

"叫卖?"中方笑了,"我家的包饼无需叫卖,大多顾客都是慕名而来。不过,如果你真的只是想听叫卖,我倒是可以给你来一段,不妨就把你当成商品,怎么样?"

主持人惊讶地用手指着自己问:"我?"

"对呀!"中方一脸认真地说,然后扭头问台下的观众:"大家说好不好?"

"好!好!好……"

中方耸了耸肩,一副无辜的表情。

主持人也无奈地笑了,问中方:"那需要我怎么配合呢?"

"你,只要摆出你最帅的姿势就可以了。"

"那简单,本人的帅是与生俱来的,三百六十度无死角!"

"咦——"观众们一片嘘声。

中方站起身来,径直走上了戏台,站在主持人旁边,倒是显得主持人有点被动。

"好,听好咯!南来的北往的,台湾澳门香港的!注意啦!注意啦!春节要到啦!帅哥出租啦!"中方指着主持人,"他具有大象的力度、钻石的硬度和缝纫机的速度!不要九九八不要八八八,今天只要五十八!你没听错,只要五十八。五十八你租不了吃亏也租不了上当,五十八就能领回家上炕!五十八你买不了车也买不了房,却能做一回新娘!五十八你去不了美国也去不了新加坡,却可租个帅哥暖被窝!先到者先得!马上预约还享受政府补贴哦!机会不是天天有啊,该出手时就出手!有没有人租?"

"有!有!"中方的幽默点燃了现场,掌声喝彩声此起彼伏,中方则在此起彼伏中回到了座位。

"我信了信了!你不做电视购物推销员真是太可惜了!但是这仍然无法打消我对你的怀疑,作为一名资深的主持人,我不能接受自己主持的节目有任何瑕疵,更不可能当主办方的托。但此刻我也有点晕了,这么说吧,我以一个正常观众的角度和思维,根本无法理解这个比赛结果,涉猎面如此之广的题目,那么多博学多识的选手都被一一淘汰了,而一个误闯比赛现场的包饼小哥却逆袭了,这也太让人匪夷所思了吧,你不觉得?"

台下的观众似乎也挺认同主持人的观点,纷纷点头。

中方十分尴尬地愣在那里。

"最新数据显示,此时此刻在线观看我们比赛直播的观众(已逼近五百万,这是一个什么概念呢?大家都知道,我们脚下所处的这片土地是中国和新加坡合作建设的工业园区,简单地说,这相当于整个新加坡人口的总和),所以我更要严谨一点,不然,原本是一场文化盛宴,很有可能因为我的疏忽而演变成网络搜索暴力。其实,问题也很简单,我就想代表广大观众们问一下包饼哥,你是怎么做到的?"

中方挠了挠头皮,说:"我也不知道如何解释,这只是个巧合的误会吧,凑巧比赛的题目是我成长经历中亲身遭遇到的。"

"亲身遭遇到!我没听错吧?你的意思是这些比赛题目刚好路过了你的全世界?那你干脆说自己是中国版《贫民窟的百万富翁》得了!"

"噢,你是说那部奥斯卡大奖的电影吗?我看过,但我跟他不一样,他那是艺术虚构,而我的是亲身经历。"

"亲身经历？哈哈,你是说你经历了我们的比赛题目？我相信这种概率恐怕要比连中十次彩票头奖的概率都低吧。"

"可是被我撞上了啊,真的,也许你这些题换个角度问我都不会。"

"照你这么说,像是三十六计,你大概只知道这一计,而凑巧就问到了,是吗？"

"是！噢,也不是！"

"是,又不是？"

中方解释说："我是凑巧被问到了,可我不仅仅知道这一计。"

"噢？那你还知道几个？"

"三十五个！"

中方的回答总是这么出人意料。

主持人瞪大了眼睛,说："什么？我没听错吧。这……这可是现场直播啊,不可以信口开河哦。"

中方点点头,说："我知道啊！"

"那你倒是说说看？"

中方笑着说："那你可数好咯！"

主持人还是不敢相信,怀疑地看着中方。

中方深吸了一口气,开始了："金蝉脱壳、抛砖引玉、借刀杀人、以逸待劳、擒贼擒王、趁火打劫、关门捉贼、浑水摸鱼、打草惊蛇、瞒天过海、反间计、笑里藏刀、顺手牵羊、调虎离山、李代桃僵、指桑骂槐、树上开花、走为上、假痴不癫、欲擒故纵、釜底抽薪、空城计、苦肉计、舍近求远、反客为主、上屋抽梯、偷梁换柱、无中生有、美人计、借尸还魂、声东击西、连环计、假途伐虢！"

中方的一气呵成,震惊了全场,片刻的安静后,响起了如雷般的掌声。

主持人惊奇地问："天哪,你是怎么记住的？"

"其实并不难,每一句中提取一个字,然后连起来组成口诀,只要记住口诀自然就记住了三十六计。"

"那能否跟大家分享一下你的口诀呢？"

"当然可以啊！金玉《檀公策》,借以擒劫贼,鱼蛇海间笑,羊虎桃桑隔,树暗走痴故,釜空苦远客,屋梁有美尸,击魏连伐虢!其中《檀公策》是三十六计的出处,现在你能否别刁难我了?"

"真的不是我刁难你,实在是你身上疑点重重。你看,蹊跷的入场、模糊的身份、惊人的答案、离奇的夺冠,太多的谜团让人百思不得其解,刚才就有很多网友发帖怀疑你是节目组的托,甚至把我也扯上了。他们强烈要求从网上题库里随意抽一道题作为附加题,如果你能答对了,所有的猜疑将不攻自破,你可否愿意?"

中方为难地看了看观众席,一双双眼睛里饱含着对自己的信任,他眼睛一闭,心想:既然是天意,何不听天由命呢?于是他说:"我愿意!"

只见大屏幕画面立即切换到了网络题库并快速滚动起来。

"停!"随着主持人一声令下,滚动停止,画面定格在了一道题上:**古往今来,历朝历代,上至真命天子,下到州官县府,大都热衷于修建楼阁,或是用来宣扬政绩,或是用来纪念大事,或是用来求神拜佛,或是用来降妖伏魔,而且它们经常会因为诗词歌赋提及而声名鹊起,比较出名的如岳阳楼、黄鹤楼、蓬莱阁等。其中,有那么一座楼,它因为一副对联而名扬天下,对联写景咏史,大气磅礴,寓情于景,对仗工整,被誉为天下第一联,请问这座楼叫什么名字?**

每位观众的心都提到了嗓子眼,所有目光、灯光、镜头的焦点都齐聚中方身上。

中方看了后,深呼了一口气,一颗悬着的心终于着陆了,他平静地说:"此楼在云南昆明滇池湖畔,叫大观楼,楼上那副对联为清代孙髯翁所作,全联共一百八十字。"

主持人刚要张口,谁知中方并未就此打住,接着说上了,"上联是,五百里滇池,奔来眼底,披襟岸帻,喜茫茫空阔无边。看:东骧神骏,西翥灵仪,北走蜿蜒,南翔缟素。高人韵士何妨选胜登临。趁蟹屿螺洲,梳裹就风鬟雾鬓;更苹天苇地,点缀些翠羽丹霞。莫孤负:四围香稻,万顷晴沙,九夏芙蓉,三春杨柳。下联是,数千年往事,注到心头,把酒凌虚,叹滚滚英雄谁在?想:汉习楼船,唐标铁柱,宋挥玉斧,元跨革囊。伟烈丰功费尽移山心力。尽珠帘画栋,卷不及暮雨朝云;便断碣残碑,都付与苍烟落照。只赢得:几杵疏钟,半江渔火,两行秋雁,一枕清霜。"

中方再次惊呆了全场,掌声、叫好声几乎要把屋顶掀翻,有些观众甚至激动地站了起来。

"看来,这个冠军,咱包饼哥是实至名归,我宣布,首届'东方之谜'中国传统文化知识大会总冠军是——八号选手!包饼哥!"

"这奖不能给他!"突然有人冒出这么一句话,把现场的热烈气氛瞬间凝固了,沸点秒变冰点,人们循声望去,说话的竟然是嘉宾席上的艾女士。

艾女士站了起来,表情严肃而又认真,看上去并不像是在开玩笑,她慢慢向中方这边走来,中方屏息凝视着她的脸。

终于,艾女士在离中方仅一步之遥的地方停住了,她指着中方说:"我虽然不知你具体用了什么手段,但凭你的学识和阅历,是不可能得冠军的!"

中方并未着急解释,他看着艾女士的眼睛问:"罗燕,是你么?"

"这不重要,现在我们关心的是你如何作弊的!"

"这到底是怎么回事啊?为何你的样子也变了,发生了什么?"

"请你别转移话题好么?你骗得了观众,可你骗不了我!"

"我……我真不知道该说什么,我来这里也不是为这个什么比赛,得不得什么冠军对我来说真的无所谓。"

艾女士冷笑了一声,说:"无所谓?说得真轻巧,你要知道此刻有千万双眼睛在看着我们的直播呢,冠军五十万元的奖金,你竟然说无所谓?"

"真的,来这之前,我对比赛的事毫不知情。"

"哦?是吗?"艾女士的脸上写满了不相信,"我敢断言,要么你是一头走运的猪,要么你就是一只狡猾的狐狸,但我更相信你是后者,我现在甚至开始觉得我们以前的那些巧遇都出自你的精心设计。"

"果然是你,罗燕,只不过你真的高估我了。"

观众们看着这戏剧性的一幕,直看得云里雾里,看得摸不着头脑,他们猜测着、揣摩着……

"你之前说,你之所以能回答对所有问题,是因为你成长经历中刚巧遇到了这些问题,或者说这些问题路过了你的全世界,请问,你是在侮辱观众们的智商吗?你以为大家的学历都是胎教吗?"

中方一脸的委屈,欲言又止,因为他也不知道如何解释才好。

"觉得委屈是吗?既然这样,我倒是想听听,那是怎样的经历能让你与这么多题产生交集,简直就是无稽之谈嘛!"

"这……"中方似乎有点为难。

"心虚了?"

"那倒不至于,我就是怕说来话长,担心观众们会没耐心听。"

主持人终于找到插嘴的机会了,他不失时机地大声对观众席喊道:"你们有耐心听吗?"

"有!"台下异口同声。

"那……我有一个请求。"

"讲!"爱女士脱口而出。

"等我证明了自己没有作弊之后,能不能把跟我姥姥有关的东西给我?"

"那个自然,但当务之急,我觉得你更应该想想怎么自圆其说。"

"谢谢你的多虑,我无需自圆其说,只需顺其自然,但我说了,故事会很长很长……"

说着,中方站了起来,走上了戏台。

于是一幅尘封已久、跌宕起伏、充满传奇色彩的长卷徐徐展开……

五　树静风不止

一九八八年,一个位于沂蒙老区南端叫前细柳的小村子里,发生了两件大事,一件颠覆昼夜,另一件惊天动地。颠覆昼夜的是村里通上了电,从此,村民们天黑后也可以做很多原本白天做的事,一个小小的灯泡,让纯朴憨厚的人们对将来的生活充满了希望和想象。惊天动地的是村里装了好几个大喇叭,从此,每天清晨叫醒人们的不仅仅有大公鸡,还有如闹钟一般准时的大喇叭:

"人人那个都说哎,沂蒙山好。

沂蒙那个山上哎,好风光。

青山那个绿水哎,多好看。

风吹那个草低哎,见牛羊。

高粱那个红来哎,豆花香。

万担那个谷子哎,堆满场。

万担那个谷子哎,堆满仓。

这首由著名歌唱家彭丽媛演唱的《沂蒙山小调》,诞生在沂蒙山脚下的白石屋村,它的前身是新中国成立前的《反对黄沙会》,新中国成立后,由山东军区政治部文工团重新整理创作……"

这首歌一直就这么响了很多年,优美的旋律,飘在村里,飘向村外,也飘进了每个前细柳人的心里。

离大喇叭不远,有一个用土墙围起来的农家小院,三间低矮的土坯房里住着老两口和尚未分家的小两口。明媚的阳光温暖着小院,邻居家一支长满花骨朵的桃树枝耐不住寂寞,越过了低矮的土墙。

一只麻雀悄悄地落在了枝头,打探着这个小院。儿媳妇正坐在西屋门口绣着枕套,在乡下,绣枕套是农村女人们农闲时增加收入的首选,每隔上一段时间就会有小贩过来收购。倘若不是亲眼所见,你很难想象得出这双原本做粗活的手,是如何仅用一根细细的针和丝线就能在单调的布上变换出瓜果飘香、松柏沧桑、虫鸣鸟唱,她把对美好生活的憧憬融入了一针一线里。离西屋门不远,有一盘石磨,这石磨看上去已有些年头了,坑坑洼洼的磨身上尽是岁月的斑驳,石磨顶上放着一个簸箕,簸箕里晾晒着准备烙煎饼用的麦子,那也是枝头的麻雀最关心的东西,麻雀很想飞过去大饱口福,却无奈石磨向阳的一旁,坐着老两口和远道而来的算命先生。

算命先生说得有声有色活见了鬼,老两口听得如痴如醉入了神。

"实不相瞒,你们家时运不济啊,"算命先生掐指算了算后,接着说,"原因就在于你家阴盛阳衰。"

老太太一脸疑惑地说:"不对呀,俺五个儿仨闺女,虽说老四年幼就夭折了,可还是四男三女呀?"

算命先生脸一板,显然有些不悦,因为他最忌讳有人质疑自己,要知道他可是十里八村出了名的活神仙,他能让鸡蛋漂起来,还能用桃木剑把小鬼定在符子上,当场小鬼就鲜血直流。乡亲们还亲眼见过他把手伸进沸腾的油锅里,却安然无恙。当然喽,那个年代的乡下人怎能知道,这些神乎其神的现象,其实用几个简单的化学原理就解释清楚了。

老太太知道自己说错了话,胆怯地低下了头。

过了一会,算命先生气消了才开口:"我说的是恁孙子那辈上,恁大儿子家四个丫头,是不?"

老头跟鸡啄米似的连连点头说:"是是是!"他当然不知道,算命先生提前就把这些情况都打听好了。

"恁二儿子家一丫头俩小子,恁三儿子家俩小子,老四没了不算,问题就出在恁五儿子家。"

老太太又忍不住,问了一句:"为啥咧?"

老头瞪了老太太一眼,说:"废话!你说为啥?"

老太太又低下了头。

算命先生故作高深地说:"假如老五家生个小子,就阴阳平衡了,不然的话,就不好说喽!"

老头迫不及待地问:"那有啥法子呢?"

"法子倒是有,呃……"算命先生挠了挠耳根,打住不说了。

老头马上明白了,朝老太太使了个眼色,老太太心领神会,赶紧从怀里掏出一块手帕,层层打开,拿出一张红色的一块钱,塞进了算命先生手里。

算命先生仰着头,佯装没看见,干咳了两声,手指捻了捻钱角后,飞快地装进了兜里,然后从随身带来的布袋里摸出一个纸包,丢给老头,叮嘱他:"记住了吭,一定得用抱子沟的水冲着喝才管用!"

老两口千恩万谢后,算命先生起身向大门走去,老两口则紧随其后,恭送这位活神仙。

麻雀站在枝头看着这一切,却没注意到桃枝下面躺着的毛驴早已经发现了它这位不速之客。

毛驴突然从地上一跃而起,抬起前蹄试图踢到麻雀,当然,那是徒劳的,麻雀似箭一样飞了出去,飞向了它偷窥已久的那一簸箕麦子。

扑了空的毛驴似乎有点不甘心,在那里龇牙咧嘴地叫了起来:"嗯啊——嗯啊——"

叫声惊醒了墙边土灶台上的猫,猫受到惊吓,警觉地跳起老高,其实这猫是邻居家的,没人知道它是痴迷锅台上做完饭后残留的余香,还是贪恋秸秆燃尽后的余热,反正它一有空就翻墙过来,趴在土灶台上酣睡,大概在它眼里,两个院子都是它的势力范围。惊起!落地!当它回过神来才发现,磨台上的簸箕里,麻雀吃得正欢呢,于是它压低了身子贴着地悄无声息地慢慢向石磨靠近,近了,更近了,最后它以迅雷不及掩耳之势飞身跳起,扑向麻雀。

贪吃的麻雀浑然不知,丝毫没有心理防备,好在它反应灵敏,千钧一发之际,惊慌失措地扑闪了几下翅膀,猫口逃生。而猫呢,前爪扒在簸箕边上,身子却还悬在外面,后腿努力蹬了几下,无奈最后还是将簸箕给弄翻在了地上,麦粒撒得到处都是。

猫知道自己闯祸了,灰溜溜地逃跑了。

"哈哈哈……"笑声是儿媳妇发出的,儿媳妇叫树燕。其实从麻雀还未停落枝头,树燕就已经盯上那枝越墙而过的桃花了,因为她手中正在绣的枕套上画的就是桃花,她看桃花是在找灵感,而之后所发生的一连串反应她都一览无余。树燕觉得挺有趣的:假如邻居家的那枝桃花不越过墙来,麻雀就不会落在枝上,假如麻雀不落在枝上,就不会引得毛驴乱叫,假如毛驴不叫,就不会惊醒熟睡的猫,假如猫没醒,就不会发现偷嘴的麻雀,假如……

送完活神仙回来的老头一看这场景,生气地训斥说:"你看你干吗的,连个簸箕都看不好!"

假如树燕要说罪魁祸首是一枝桃花,那公公肯定认为是无稽之谈。于是,她翻眼瞅了瞅公公,没吱声,接着绣起手中的桃花枕套。

"诶,说的跟不是她一样。"公公不满地抱怨着,随后而来的老太太赶忙蹲下去捡拾这地上的麦粒。

公公把那包神药丢在了树燕正在绣着的枕套上,同时还撂下句话:"大仙说了,喝了这神药,准生男娃!"

包药用的纸是那种粗糙的黄色草纸,大概是没包严实的缘故吧,一小撮纸灰一样的粉末从纸缝里漏了出来,洒在了一朵桃花上。

树燕白了公公一眼,然后小心翼翼地捏起纸包的一角,拎起来扔在了靠近墙根的地上。

被这么一扔,纸包缓缓地散开了,看上去那根本就是一把灰烬而已。

树燕指着地上的神药说:"你看看,这是什么玩意儿!那算命的就是个骗子!"

公公却不这么认为,反驳说:"什么?骗子?上回全村人都亲眼看见他空手逮了个小鬼,按在油锅里炸,油烧得方开,可他的手一点都没伤着,还有,他能让鸡蛋飞起来,他还……"

树燕一听他说话就头疼,敷衍地说:"噢,行行行!我喝行了吧?你赶快忙你的去吧!"

"诶,你这是什么口气?你也跟了恁三个嫂子学学,她们没有一个敢跟我犯犟的。"

眼瞅着一场唇枪舌剑在所难免,而大喇叭恰逢其时地打破了僵局。

"咳!咳咳!呼!前细柳绣枕套的村民请注意了吭!收枕套的来了吭,那个有谁要卖的吭,那你赶快地拿到大队部里来吭。赶快地噢,来晚了人家就走咯!好!就这点儿事,嗯,接着听《沂蒙山小调》吧,吱……吱悠……人人那个都说哎……"

"我得去卖枕套了,回来再喝吧。"说完树燕就跑到了屋里,去找要卖的枕套了。

公公叹了口气,直摇头,颇有恨铁不成钢的意味。

树燕绣的枕套那叫真一个绝,活灵活现,栩栩如生!她很快就把近两个月绣的所有枕套整理得整整齐齐,用胳膊托着向外走去,刚走到院门口,邻居家的侄女桂霞就迎了上来,只见她两手背在后面,满面春风地说:"五婶子啊,俺跟你商量个事儿呗。"

"啊?说呗。"

桂霞调皮地把嘴凑到树燕的耳边,悄悄地说:"俺有两件枕套,掺搁在你这里边呗。"

"那可不行!"树燕一口回绝了,"要让人家逮着了多不好。"

桂霞撒娇地撅起嘴,原本放在身后的手也移到了身前,手里拿的正是她所说的那两件枕套,她一边晃着树燕的胳膊一边小声说:"帮个忙呗,俺五婶子最疼我了,谁不知道俺五婶子是关系户?枕套能卖双倍价钱,人家都说收枕套的小青年钱丰就是奔着你才来咱村的。"

树燕笑着掐了桂霞一下,说:"死丫头,就会胡说八道。"然后指着自己的肚子,小声说:"我这都已经几个月了,要是叫恁爷爷听着,又得吵仗。好吧,就这一回吭,下不为例!"

见树燕答应了,桂霞高兴得跟过年似的,连连点头:"行行行!下不为例!还是俺五婶子疼我。"

树燕一边把那两件掺进自己那一摞当中,一边说:"那肯定的,要换别人,她想都别想。不过丑话可说在前面,万一要是让人家发现了,你可得说是你自己偷偷掺搁里面的吭。"

"哎哟,你放心好了,咱赶紧去吧。"

说着,娘俩向大队部方向走去。

"哎,五婶子,俺可听人家说你在高圩子还没过门的时候,钱丰就喜欢你。其实,你俩还真的挺般配的。"

"又来了吭。要是叫恁五叔听着,不气死才怪呢?"

"俺五叔不是卖豆腐去了吗?咱娘俩谁跟谁呀?你就给俺讲讲呗,俺保证不给旁人说!"

桂霞渴望地看着树燕。

树燕撇撇嘴说:"就你?我要是给你说了,保险儿明个儿五个细柳庄都知道了。"

"哎哟,你看俺五婶子说的,俺要是有那本事,村里还用装喇叭干吗?你就给俺说说呗。"说着桂霞又撒娇地晃起树燕的胳膊。

树燕一不小心绊在了一块石头上,一个趔趄差点没摔倒。"俺滴个亲娘嘞,你轻点晃,要是晃倒了,把枕套弄脏了咋办?"

"谁让你不给俺说的。"

"算了,给你说说吧,不是恁五婶子吹,就凭你五婶子这小模样,再加上手又巧,本来呢,配他钱丰配过了都,可谁知后来他考上大专了,哎哟喂,他爹就感觉高人一等喽,所以就……"

"我倒是觉得钱丰他们家对你还不死心,要不然,怎么你绣的枕套就能卖双倍价钱呢?"

"那你可真冤枉他们家了,那是因为南方的买主点名就要我绣的。本来我都不想再见他们家的人了,是他爹主动找我商量,说愿意出双倍价钱,我才勉强答应的。公事公办,私事免谈!再说了,我都怀了,他们不死心也没用!"

"这倒是。对了,五婶子,你猜今个儿,是钱丰来收还是他爹来收啊。"

"我哪儿知道啊。"

"要是钱丰来就好了,你说也不知咋的,俺一瞅见他,心里就暖暖的。"

"噢。这说了半天,原来是你自己喜欢钱丰啊。"树燕向后退了一步,像打量陌生人似的,"你才多大点儿年纪呀?"

桂霞羞答答地低下了头,说:"人家才没有那么想呢!"

"这还没有?你看,脸都红了。"

桂霞被说穿了心思,害臊地把头扭到了一边。

说着笑着,不知不觉娘俩已到了大队部院门口,门两侧的院墙上写着计划生育的宣传标语,左边写着"晚婚晚育",右边写着"少生优生"。

大队部的办公室坐北朝南,大门位于院子的正南,站在大门这边远远望去,办公室的走廊里早已聚集了很多姑娘和妇女,当然,也有少数来凑热闹的男人。

跟以前一样,用几张办公桌临时拼成的检阅台上,摆着五颜六色的绣品等待检阅。绣的内容大多是一些吉祥图案,龙凤呈祥、花好月圆、喜上眉梢、竹报平安、富水长流……人们围着桌子,七嘴八舌评头论足。

树燕一眼就发现了那个熟悉的身影,他在人群中总是那么突出,如鹤立鸡群,如万绿丛中一点红。

钱丰也发现了树燕,他远远地、直直地看着树燕,拿着枕套的手僵在了那里。

树燕有点尴尬地躲开了钱丰的目光,转过脸去借跟桂霞聊天来掩饰心中的不安。

站在钱丰身旁的"大嘴"看出了端倪,她一直对树燕绣的枕套卖双倍价钱这件事耿耿于怀,她斜着眼问钱丰:"你爹这回咋没来呢?"

钱丰似乎没听见。

"喂!"大嘴咧着大嘴、瞪着钱丰,"俺跟你拉呱你没听着吗?"

钱丰依旧没有什么反应,直勾勾地瞅着树燕越来越近,这让大嘴觉得很没面子,她伸出手在钱丰眼前来回晃动着,提醒似地说:"喂!看愣眼了吭?"

围观的人们都笑了。

钱丰这才回过神来说:"啊,你说啥?"

大嘴气得把脸一扬,说:"俺说你啊,来贵人了就不理俺们咯!"

"说啥呢?大家都一样,谁是贵人啊?"

"这不明摆着吗?远在天边,近在眼前啊,谁绣的枕套卖得贵,谁就是贵人呗!"

树燕刚走过来就听见大嘴在议论自己,便毫不留情地说:"有些人要是不说话,怕人家不知道她嘴大是不?"

大嘴的脸立马憋得通红,喘着粗气,指着树燕说:"你!你!你……"

树燕得意地瞟了大嘴一眼,"哼"!

关键时刻,看热闹的贵机站过来,说:"算了算了,小事而已。"

大嘴似乎找到了台阶下,也哼了一声,便算了。

说起贵机,那也算是村里的才子,平日里喜欢舞文弄墨,写得一手好字,每逢村里有个红白喜事,总能看见他写毛笔字的身影。

见矛盾暂时平息了,贵机转而问钱丰:"对了,上回你爹说你被分配到咱县城的银行上班了,是不?"

钱丰笑了笑,回答说:"是的!"

"那你咋还有空来收枕套啊?"

"这不是赶上俺爹有事去南方了,正好我又歇班,可不就来了吗。"

大嘴冷笑了一声说:"俺看着是因为某个人才来的,应该是余情未了吧?……"

贵机见大嘴又要挑起事端,便说:"行了,大嘴,你就少说两句吧,咋什么话要到你嘴里就变味了。人家钱丰天生就跟钱有缘,你们看,本身就姓钱,大学里学的又是管钱,现在又分配到银行里上班。这不,连歇班还忘不了加班挣钱。不过话说回来,谁跟钱有仇啊?是不?有了钱,上买天下买地,中间买空气,有钱能让活人闭嘴,有钱能让死人喘气,大伙说对不?"

"对!"大伙对于贵机的观点一向都是赞同的。

钱丰不好意思地笑了笑,说:"其实吧,我就是想帮着咱乡亲们增加点收入。"

大嘴听了直摇头,嘴一撇,说:"哎哟喂,你可拉倒吧,你就别唱高调了,无利不起早!无商不奸!只是吧,有一件事我想不通。"

"啥事?"

"俺绣的枕套明明比某些人绣的好,可为啥只有某些人能拿双倍价钱,俺却拿不到呢?"大嘴的眼睛斜向了树燕。

钱丰挠了挠后脑勺,一时无言以对。

"我倒是有个好主意。"又是贵机,他脑子里总藏着用不完的点子,人们把目光都转向了他,洗耳恭听。

贵机看了看大家,说:"大伙看这样行不,咱让钱丰蒙上眼睛,然后每人挑自己绣得最好的一件交上来,掺搁一块儿,最后让钱丰自己来选,他要是能看出哪件是俺五婶子绣的,那以后咱谁也别再提意见了,行不?"

"行!"大嘴最先表示赞成,她拍着手说:"贵机啊,你说你的脑子咋长的,怎那么多心眼儿呢?"

围观的人们也都觉得这主意不错。

大嘴看了看不知所措的钱丰,说:"钱丰,你要是能选对了,俺就心服口服!可要是选错了,那就说明俺没有冤枉你!敢不敢?"

钱丰有点犹豫不决,他把目光投向了树燕,树燕则不屑一顾地笑了笑,钱丰从这表情中捕捉到了自己想要的信息,这大概就是人类特有的技能,其他动物永远无法理解,于是钱丰有了底气,大声来了句:"敢!"

简短的一个字,宣布了钱丰接受了挑战,其实他的心里也没有十足的把握,万一要选错了,那岂不是贻笑大方了,但是众目睽睽之下,形势所迫,也只能这样答应了。

人们像是彩排好了似的,搬桌子的、排桌子的,井然有序,忙得不亦乐乎。很快,大院里就排成了一个像露天课堂似的方阵。方阵一共是五排,每排五张桌子,排与排之间相隔两步。

看热闹的人像是从土里冒出来的一样,越聚越多,围成了一个大大的圈,闻讯赶来的村民络绎不绝。其实也难怪,在那个年代,人们也没啥娱乐活动,这俨然成了村里的头条新闻,圈越围越大,个子矮的踮起脚,小孩们则像泥鳅一样使劲地往前钻,其实孩子们并不关心将要发生什么,只是特别享受挤到最前面的那种成就感。

大嘴亲自将一件深色的枕套罩在了钱丰的头上,围绕着钱丰走了一圈,皱着眉头端详了一番,还是有些不放心,于是她又找来了一件绣着一枝红杏的枕套,套在了外面。

绣娘们经过再三掂酌,选出了各自的得意之作,陆陆续续摆上了桌子。

桂霞悄悄地把自己那两件从树燕那一摞中捡了出来,选了其中一件摆上了桌子,尽管她知道自己的水平捉襟见肘,但她仍幻想着,钱丰也许会奇迹般选中自己的那件。

不一会儿,二十五张桌子便摆满了,那画面煞是壮观!姹紫嫣红,光鲜夺目,围观的人们指指点点,各抒己见。

大嘴只顾着如何蒙好钱丰的眼睛了,竟忘了把自己的摆上去。等她想起来时,一看,桌子上已经没有空地了,她着急地冲贵机喊:"贵机!赶快过来帮我看着!"

贵机闻声走了过来,接起了大嘴的班。

大嘴选了一件"鲤跃龙门",然后径直走到最后一排,因为她刚听别人说树燕的就摆在最后一排的中间,于是她硬生生地把自己的挤在了树燕那件的旁边,嘴角露出一丝得意的坏笑。

一切就绪了,贵机先后取下了钱丰头上两个枕套。

钱丰眨了眨眼睛,还有点不太适应从黑暗到光明的过渡。

大嘴像是忽然想起了什么,走到钱丰面前说:"选可是选,但当着老少爷们儿的面,你得说说看,如果选错了咋弄。"

钱丰想了想,说:"这样吧,我选中了谁的,谁以后就拿双倍价钱怎么样?而且……"

"而且什么?"大嘴追问着。

钱丰笑了笑,从旁边一个自己带来的大箱子里取出了一个纸盒子,说:"而且我会把这套买家定做的交给选中的那个人绣。这一套六件,图样是找了专业画家画的,最主要的是它的报酬,一百六十八块钱!"

所有人听到这个数字后,都张大了嘴巴,瞪大了眼睛,因为他们被这个惊人的天文数字给惊呆了,要知道,当年一个鸡蛋才四分钱,一斤猪肉也不过才六毛钱。

大嘴挪开了自己捂着大嘴的手,问钱丰:"真的假的?"

"当然是真的!这是江南那边一个信用社的社长跟我订的。"

"好!那你赶紧选呗。"大嘴有点迫不及待了,好像那一百六十八块钱她势在必得一样。

终于,备受瞩目的选绣开始了,每个人心里都高度兴奋和激动着,他们特别期待那天文数字到底会花落谁家,就连钱丰自己也不敢确定。

钱丰从第一排桌子前面缓缓走过,他仔细寻觅着那熟悉的色调和针脚,生怕错过,很快,第一排就走到头了,他摇了摇头。

第二排走到头了,他又摇了摇头。

第三排到头了,他依旧摇头。

走完第四排后,钱丰回头重新扫视了一下刚才看过的那些枕套,但他很快就排除了看走眼的可能,于是他走到了最后一排前面。

气氛越来越紧张了,钱丰每一个微小的动作都牵动着人们的心。

钱丰的脚步离树燕的那一件越来越近了,人们的心也越来越紧张了。

出乎意料的是,钱丰的手竟然伸向了大嘴的那一件。

大嘴激动得眼珠子都快出来了。

"这件是谁的?"钱丰拎起了那件"鲤跃龙门"。

大嘴高兴得眼睛已经眯成了一条线,等待着接下来的赞美。

"我不是教过你们吗,绣鱼最关键就是鱼的眼睛,你们看看,这鱼眼绣的,一点灵气都没有,跟死鱼似的。真是看到了就忍不住想批评两句,简直是鱼目混珠,绣得差也就罢了,但你别和旁边这件《竹梅图》放搁一块啊。这不是鲁班门口弄斧头,摸错门了,关公面前耍大刀,找错人了吗?"

此时,大嘴原本眯成缝的眼睛慢慢地瞪成了两个圆。

钱丰放下了大嘴的这件,小心翼翼地捧起了旁边的《竹梅图》,说:"这件就是所有绣品中最出彩的一件!"

大伙儿真是心服口服,只有大嘴气得都不行了,她上前抓起自己绣的那件,在钱丰面前使劲抖了抖,愤怒地说:"我绣的哪里不好了?啊?哪里不好啦?"

看着大嘴无理取闹,有人忍不住笑出了声。

大嘴冲着笑声传来的方向大吼:"笑什么笑!"

笑声戛然而止。

钱丰并没理会大嘴的耍赖,而是接着介绍起手中这件《竹梅图》:"可能大伙不知道,这件绣品的图案是以大画家郑板桥的传世名画《竹梅图》为原型画的。你们看,这竹叶个个都是低头向下长的,竹竿外面笔直坚硬,中间却是空的,也就是虚心,再看这梅花,没有一朵是仰面向上长的。这画原本还配有两句诗,说是虚心竹有低头叶,傲雪梅无仰面花,就是教育某些人做人要谦虚!"

大嘴嘴一撇说:"呦呦呦,你就别整那些高深的了!叫俺看啊,这明摆着就是青梅竹马图,是某人心里面空虚难耐。这不,有一支红梅它就出墙了,大伙说是不?"

人们笑得前俯后仰,有个爱起哄的老光棍在后面喊:"是!"

钱丰羞得脸通红。

倒是树燕稳稳当当地,她笑了笑说:"出墙也不是谁想出就能出的,起码得长得像朵花!要是嘴咧得跟个鱼盘似的,即使出墙也没人看一眼!"

大嘴气得指着树燕说:"你、你、你……"半天也没说出个所以然。

树燕转身对着看热闹的人群说:"事实证明了我绣的就是好!那盒子里装的也理所当然由我来绣了,这样吧,我请大伙吃糖,好不好?"

"好!"

树燕刚要掏钱,钱丰却抢先一步掏了五块钱出来,说:"我来吧!"

树燕欲言又止,把手缩了回来。

钱丰一边把钱递给贵机一边说:"又得麻烦你了。"

贵机接过钱,笑着说:"嗨,这有什么麻烦的?"说完便去小卖铺了。

大嘴气得鼓着腮帮子,瞪着树燕。

树燕翻眼瞅了瞅大嘴,眼神里充满了神气,大嘴咬牙切齿,却无计可施。

树燕似乎还嫌不够出气,她笑着对大家说:"趁这点空儿,俺给大家讲个笑话,咋样?"

"好!"大伙的表情里充满了期待。

树燕清了清嗓子,便开始讲了:"说从前呀,咱抱子沟里面有一条大嘴鱼。"

话音刚落,大伙便笑得不行了,唯独大嘴依旧怒目圆睁。

树燕一本正经地接着说:"恁看你们,俺才刚讲了一句,你们就笑成这样,也太配合俺了吧。接着讲哝,说这个大嘴鱼呀,它因为自己的嘴生得大而感到特别骄傲,遇到小鱼它就问小鱼知不知道自己是谁,小鱼摇摇头,说不知道,大嘴鱼就使劲张大了嘴巴说,连我都不知道,我就是大——嘴——鱼——!遇到小虾它又问小虾知不知道自己是谁,小虾摇摇头,说不知道,大嘴鱼又使劲张大了嘴巴说,连我都不知道,我就是大——嘴——鱼——有一天,它遇到了一条比自己大很多很多的鲤鱼,那鲤鱼的眼睛跟死鱼一样,它看不清东西,它问大嘴鱼说,你看见大嘴鱼了吗?听说啊,它的肉味道不错呀,大嘴鱼一听,吓得浑身直哆嗦,它使劲地噘起嘴说,没有没有!俺从来没有看见过什么大嘴鱼,说完,一溜烟游跑了。"

"哈哈哈……"大伙笑得那叫一个夸张,有的捂着肚子,有的坐在了地上,有的笑得直咳嗽。

大嘴实在气得忍无可忍了,气得脸都变色了,最后她脚一跺,拿起自己绣的枕套,走了。

快走到大门口的时候,大嘴撞见了买糖回来的贵机,贵机怀里抱着刚买来的一大袋子糖果。

贵机见大嘴气呼呼地正往外走,便停下脚步,问她:"诶?你走什么的?吃块糖再走呗。"

大嘴狠狠地瞪了贵机一眼,说:"吃你个头啊,都怪你出的馊主意。"

贵机也不买账,说:"真是莫名其妙,不吃拉倒!自己没本事还怨起我了,哼!"

说完,贵机头也不回地走进了大院。

不知是谁家的孩子来了一句:"糖来了!抢噢!"

人群飞速地向贵机涌去,顷刻间将贵机围了个水泄不通。

"哎哟!不用抢!不用抢!人人都有!"贵机边说边大把大把地抓起糖向后面的人们抛撒,人群乱作一团,其实他们并不是贪图吃糖,而是很享受那乱哄哄的热闹气氛。

一大袋糖转眼皆空,人们很满足地数着自己抢到了多少块,后来看热闹的人三三两两地散去了,绣娘们也在领取了钱后陆续离开了。

钱丰排在了最后。

钱丰低着头问树燕:"还好么?"

树燕摸了摸自己隆起的肚子,答非所问:"六个月了。"

钱丰尴尬地来回拨弄着桌子上树燕绣的那一摞枕套。

"不用数了,一共八件,七上八下,上面七件是卖的,下面那件是送的,送给你爹的。"

钱丰有点摸不着头脑,他满脸疑惑地抽出了最下面一件,只见画面上近处绣着河边绿油油的草地,远处则是满天绚丽多彩的晚霞,一条被夕阳照的金黄的小路嵌在草地中曲曲折折,一直绵延到天地相接的地方,而主角竟然是一只刚爬上岸的乌龟,右边绣着四个字:"前程似锦。"

钱丰指着枕套问树燕:"啥意思啊?你这是……"

"堂堂大学生,还有必要让我一个村姑来解释吗?"

"俺爹就叫钱程,你这绣个前程似锦,又是夕阳,又是王八的,这是唱的哪一出啊?"

"哪一出?你回去问你爹不就知道了吗?他亲口跟我说的,让我有自知之明,说什么鱼配鱼,虾配虾,乌龟配王八,所以,我就专门绣了这件给他枕着。都说千年的王八万年的龟,我这是祝他长寿哩!"

"难道是俺爹给你说了这些,你才疏远我的吗?"

钱丰从树燕的沉默中已经得到了答案,他气得攥着拳头狠狠地砸向了桌子,眼里噙满了愤怒和自责的泪水。

沉默了许久,树燕叹了口气说:"其实你爹不说我心里也明白,你是大学生,我只不过是村姑一个,太不般配了。"

"可你应该知道,我是不会那么想的啊,何必呢你!"

树燕把脸转向一边,平静地说:"一切都过去了,既然已成既然,何必再说何必!"

一片杨树叶子悠闲地从天上飘了过来,最后不偏不倚落在了两个人中间的枕套上。

树燕捡起了这片树叶,说:"就如同这片本不该在这个季节飘落的树叶,没人能说清楚它的离开,是因为风的追求,还是树的不挽留,一切都已经过去了。好了,俺得家走了。"

钱丰愣了一下,然后从口袋掏出二十块钱递给树燕。

"这几件哪里值这么多钱啊!"树燕边说边还回一张十块的,可钱丰怎么也不要,树燕也只好收下了。

钱丰打开了之前提到的那个神秘的盒子,里面整整齐齐地放着一小摞白色的布料,隐约还能看得见上面有图样的线条。布料旁边五颜六色的丝线让树燕爱不释手,用手一捻,又细又滑,最主要的是,这些颜色的丝线在市面上都难得一见。

钱丰拨开了丝线,下面露出一个暗黄色的信封,打开信封后,里面装的竟然是人民币,从一块到一百块面值的各一张,加起来刚好是一百六十八块钱。

"这些钱,既是工钱,又是样图,因为这六件枕套上面画的内容就是人民币背面的风景。"

说完钱丰又把钱装回了信封,然后封好了纸盒,递给树燕。

树燕接过盒子,说:"俺这回真得走了,要不又得有人嚼舌头了。"

树燕转身即将离去之际,钱丰本想说什么,但犹豫了一下,又咽了回去。

树燕走了,头也没回地走了,没有人看见,就在她走出大门拐弯的那一瞬,两股热流终于憋不住溢了出来,但她立即用衣袖拭干了。

刚才还热闹非凡的大院,此刻变得空荡荡的,如同钱丰的心一样,他看着树燕消失的方向,许久,许久。

大喇叭又响起了那熟悉的旋律:

"人人那个都说哎,沂蒙山好,沂蒙那个山上哎……"

树燕踏进家门时,男人卖豆腐早已回来了,正在石磨旁边的长凳上锯一块木头。其实,男人原本是一个木匠,家里结婚时,家具全是他自己亲手做的。只是迫于市场行情和生活压力,后来改行卖起了豆腐。

树燕问男人:"你锯那个干什么的?"

男人停下了手里的活儿,憨笑着说:"我寻思给咱儿子做个小床。"

树燕也笑了:"还早着呢,再说了,你咋知道会生儿子呢?"

"不是算命的大仙给了咱神药吗?喝了保准生儿子!抱子沟的水我都给挑来了,俺娘给烧开了,正在冷着呢!诶,你手里拿的是什么啊?"

被这么一问,树燕有点紧张,她故作镇定地说:"哦,没什么,就是绣枕套用的东西。"

男人听了,略微有点不高兴地说:"不是早就跟你说了吗,往后别绣那玩意了。你看你肚子都那么大了,绣那三块两块的,还不如我多卖些豆腐,你说呢?"

树燕本想说这次钱多,可又怕男人误会,话到嘴边又咽了回去,省得节外生枝,于是她点点头,说:"行!我绣完这回就安心养胎,行了吧?"

男人满意地笑了,继续锯起了木头。树燕进了西屋,迫不及待地打开了盒子,取出其中一块枕套底布展开,这一看不打紧,吓得树燕赶紧又合上,塞回了盒子里。她的心怦怦地狂跳不止,歪头瞅了瞅屋外,男人还在那里捯饬木头。她松了口气,不过她心里很清楚,如果让男人看到了这枕套上的内容,那又是一场乱子。

树燕正坐在床沿上心神不定地想着,婆婆端着刚刚冲好的"神药"走了进来,由于碗太烫,她紧走几步,猛地往床边的写字台上一放,着实吓了树燕一跳。

"来,赶快把神药喝了!"

"放那儿吧。"

婆婆明显有点不放心。

树燕为了打消婆婆的顾虑,捧起了碗,左右来回吹着热气,然后对婆婆说:"你放心好了,我保证喝得一滴都不剩!"

婆婆听了,高兴地走出了屋门。

见婆婆走开了,树燕偷偷把神药泼在了床底下,因为地面是土夯的,所以很快便会沁进去。

树燕盯着那个盒子,想着如何能把男人支出大门去。突然,她灵机一动,走到院子里男人的旁边,小声地说:"今天逢店头集,你上乡里称斤山楂片给俺吃,行不?"

男人停下了手中的活,看着树燕。

树燕接着说:"老人们不是说嘛,酸儿辣女!不是俺嘴馋,是你儿子想吃了。"

男人一听跟儿子有关就来劲了,他站起身子,走到西墙边,推起大金鹿的自行车便出去了。

去一趟乡里,最少也得两个小时才能赶回来。支走了男人,树燕终于松了口气,可以安心地看盒子里的东西了。尽管屋里只剩下她一个人,但她仍羞得脸都红了。她小心翼翼地再次打开了盒子。

原来让树燕紧张又羞涩的,是枕布上的内容,洁白的枕布上,左半边是细致入微的工笔画图样,右半边则是用优美的隶书写的散文诗。画与诗描绘的正是人民币背面的风景,画中有诗、诗中有画,相得益彰,别出心裁!

那诗,从一块到一百,依次是这么写的:

我爱你，
像人民币一元。
粉红钞底，
好像初见你时的容颜。
万里长城见证着我们的初恋。

我爱你，
像人民币二元。
苍绿色，
犹如那年我们踏青时的小草。
天涯海角保存着我俩的誓言。

我爱你，
像人民币五元。
淡棕清香，
仿佛我们共饮的龙井茶。
长江三峡似我们的感情曲折蜿蜒。

我爱你,
　像人民币十元。
　　清灰黯淡,
　　简直是我相思时的难过。
　　珠穆朗玛峰挡不住我的思念。

我爱你,
　像人民币五十元。
　　象牙色淡雅,
　　恰似你害羞时的娇态。
　　壶口瀑布,
　　如我的斗志汹涌向前。

我爱你,
　像人民币一百元。
　　井冈山主峰银光闪闪,
　　象征着我们开始了新的人生诗篇。

看着看着,树燕的眼眶湿了,因为她记得,曾经有个人对自己说过,将来要挣好多好多钱,还会带她去看人民币背面印的所有大好河山。唉! 一切都过去了,一切都成了过去!

此后的日子里,树燕想出了一个好办法,男人在家时,她就绣左半边的风景图,男人出去后,她就绣右半边的字。就这么打游击一样,一直绣到了农历六月二十五,枕套才全部绣完。只不过每件的中间都有条若隐若现的折痕,如同她的心一样。

也是在同一天,小院里多了一个新的生命。众望所归,是个男孩。

孩子一生下来就哭个不停,任凭谁逗他都没用。说来也怪,别家的新生儿都出生几天才睁眼,这孩子一出生眼就睁开了。可是,他这没有休止的哭,着实把全家人急坏了。

那时候,农村的老人们做针线活,会用到一种叫"线坠子"的工具,就是将一枚古代铜钱固定在竹筷粗的一端,作为挡头,然后线就可以缠在筷子上,用线的时候只需要拎起线头,"线坠子"便会悬在空中打转放线,所以,铜钱在那时候可以说是司空见惯。

一向迷信的婆婆猛然想起一个迷信的说法,她找到针线筐里的"线坠子",用力把上面的铜钱撸了下来,继而穿了根线,吊起来拿到孩子脸上方来回地摆晃,真的是奇了,孩子竟然不可思议地终止了啼哭,盯着铜钱手舞足蹈。

有人提议说:"孩子干脆就叫铜钱好了!"

树燕则说:"叫铜钱太俗了,你看这铜钱外边是圆的,中间的孔是方的,要不就叫中方吧?"

大家都觉得这个名字不错,于是,孩子便有了属于自己的名字。

中方满月那天,钱丰再次来到村里收枕套,这回树燕是抱着中方去的。

树燕放下了装枕套的盒子,掉头就走了,两个人一句话也没说,只不过在树燕转身的那一刹那,怀里的中方"哇"地一声哭了,哭得撕心裂肺,任凭树燕怎么哄都没用。

自从那天以后,钱丰的身影再也没在前细柳村出现过……

六　满树樱桃花

小孩子成长起来特别快,转眼中方四岁了。

那年的春末夏初,中方记得他大娘家开满了一树的樱桃花,花香芬芳了整个小院。

农村有种干活方式叫"搭锯",顾名思义,就像搭伙拉锯一样,两家人在农忙时一起干活,一起吃饭,中方家和他大娘家就是"搭锯"关系。

那天,两家人吃完早饭后,年轻力壮的都下地干活去了,留下中方大娘在家做

饭和照看两个孩子,一个是中方,另一个是她的亲孙子强强,俩孩子辈分不同,却是同一年生的,只不过中方大强强两个月。

两个孩子在院里的樱桃树下玩得不亦乐乎。只是中方跪在地上爬着当"马",而强强则骑在中方的背上,一只手抓着中方的领子,另一只手握着一根柳条,抽打着中方,嘴里还兴奋地喊着:"驾!驾!驾!"

中方绕着樱桃树一圈又一圈地爬着,偶尔会抬头看看头顶那满树的樱桃花。他盼着日子能过得快一些,因为大娘说过,在不久的将来,每一朵樱桃花都会变成一颗又大又红的樱桃,到时候,谁都不给吃,只给他一个人吃,中方对此深信不疑,他觉得大娘是天底下最疼爱自己的人了。

强强见中方走神了,有点不高兴了,骂道:"快跑!你这头笨驴!"

中方停了下来,回头问强强:"我不是马吗,怎么又变成驴了?"

强强一脸蛮横地说:"少废话!我说你是马你就是马!我要说你是驴你就是驴!"

中方虽然觉得委屈,但看在樱桃的份上,也就算了。

强强得寸进尺地说:"我要你学驴叫!快点!别磨叽!"

……

而与此同时,中方的大娘就站在院门的门楼子下面弯着腰揉面。守在这个位置上,既可以把着门,不让孩子往外乱跑,又可以照看门口猪圈里待产的母猪。

揉累了,大娘站直了身子,慢慢地伸了个懒腰,无意中她却看见树燕拐进了巷子,正急匆匆地往这边走来。她瞅了瞅院子里两个孩子,再看看原本应该中午才回来的树燕越来越近,有点惊慌失措,顾不上弄净黏在手上的面,快步迎上前去,很不自然地笑着对树燕说:"他五婶子,你咋回来了?"

树燕笑着回答:"忘了拿镢头,你说说,这都到地里了才想起来呢!"

大娘挡在树燕前面:"噢,那你站这儿等着,我去给你拿。"

"恁看俺嫂子客气的,我自己拿就行了。"说完树燕就往前走,而中方的大娘却像老鹰捉小鸡里的老母鸡一样,左右阻拦。

这异常的举动引起了树燕的怀疑,她巧妙地从一旁的空隙钻了过去。于是,几秒钟以后,站在院门口的她看到了作为一个母亲所不愿意看到的一幕:自己的儿子正跪在地上边爬边学驴叫,而骑在儿子身上的,是仅仅比他小两个月的另一个孩子。

空气瞬间凝固了。

愣了片刻后,树燕三步并作两步向两个孩子那边冲去,一把将中方拽了起来,骑在中方身上的强强来不及反应,摔了个仰面朝天,大哭起来,见没人理会,哭得更凶了。

中方有点不情愿地被妈妈拖着往门口走,因为他还惦记着将来的樱桃呢!

此时大娘正尴尬地站在门口。

树燕拖着中方走到门口时,停下了脚步,她使劲拧了下中方的耳朵,指桑骂槐地说:"你说你怎么这么贱呢!怪不得裤子膝盖那里磨得那么快呢,原来如此!"

中方委屈地说:"俺大娘叫俺给强强当马骑的!"

树燕翻眼看了看中方大娘后,生气地呵斥中方:"你胡说八道!"

中方着急地解释着:"俺没胡说八道!真的!俺大娘说俺大强强小,就得俺来当马,她还说,只要俺听话,赶明儿樱桃花变成了樱桃,谁都不给吃,光给俺一个人吃。"

大娘一听急眼了,强装生气地说:"俺可没有这么说呵,你说你这熊孩子,怎么还学会编瞎话了。"说着她使劲地戳了下中方的额头,"我白疼你了!"

树燕当然明白,以中方的心眼儿,是编不出这种话的。

见树燕板着脸,中方大娘拉起树燕的手说:"**他五婶子,你看咱妯娌们也不是一天两天了,你还不相信我吗?**"

树燕没有表情地笑了笑,挣开了她的手,拽着中方头也没回地走了。

中方搞不明白大人们之间的事情,但四岁的他却记住了妈妈和大娘的关系,原来叫做"妯娌"。

树燕领着中方并没有去地里,而是拐弯去了娘家,也就是中方的姥姥家。

姥姥家并不远,就在邻村高圩子。虽然中方不是第一次去姥姥家,但是由于年纪太小,况且上次来也是半年前的事了,早就没啥印象了。

一踏入小院,中方就深深地被吸引住了,院子并不算特别大,却满院生机盎然。院子中间,用树枝做的两排篱笆间闪出来一条过道,篱笆早已被牵牛花那细细的绿藤缠成了两道绿墙,一朵朵紫莹莹镶着雪边的小喇叭点缀在绿墙间,微风一吹,中方仿佛听到了欢乐的演奏声。

往里走,中方又看到了另一种特别漂亮的花,深绿色的花茎上长满了翠绿色的小刺,嫩绿色的叶子疏密有致,每片叶子的边缘都有一圈小小的锯齿,红的、黄的、粉的,各种颜色的花朵都开得娇艳欲滴,最高处,几个含苞待放的花骨朵亭亭玉立。中方很好奇它们会不会开出其他颜色的花。

中方很陶醉地闭上了眼睛,深深地吸了口气,那芬芳瞬间融化了这颗幼小的心灵。

妈妈走到屋里,跟姥姥简单地说了几句话,就出来了,她拿起葫芦做的水瓢,从水缸里舀了瓢凉水,咕嘟咕嘟地喝了下去,喝完后把水瓢往缸里一丢,用袖子擦了擦嘴角的水珠,转身对中方说:"在这里别调皮吭,我先走了。"

中方懂事地点点头,此刻的他已经迷上了眼前这个小院。

姥姥也从屋里走了出来,她慈祥地笑着对女儿说:"赶紧地去忙你的吧,搁俺家你还不放心吗?"

树燕便匆匆离开了。

姥姥疼爱地抚摸着中方的脑袋问:"饿不饿啊?俺小儿。"

中方其实并不饿,但他却想都没想就点了点头,大概没有一个孩子能抗拒美食的诱惑。

姥姥笑呵呵地拉着中方的小手,进了屋,屋子不是很大,正北面横放着睡觉的木床,靠东墙摆着一张四四方方的木头桌子,桌子上放着一个红草编织的笊篱,笊篱里乘着大小不一、形状各异的碎饼,饼正冒着热气,看样子应该是刚刚才烙出来的。

中方忍不住咽了咽了口水,姥姥都看在眼里,她搬了个小板凳给中方,笑着说:"赶快坐下吃吧,我早就换好了俺小儿要来,提前烙好了一笊篱邋遢饼等着你的。"

中方瞪着好奇的大眼睛天真地问:"为什么叫邋遢饼啊?"

姥姥拿起一小块喂到中方的嘴里,说:"你没看见这饼都是一块一块不成个儿吗?以前啊,咱乡下有些邋遢的小媳妇烙个饼都懒得擀,弄点面放点葱花油盐就直接糊在锅上了,所以就叫邋遢饼咯!"

"噢。"中方似懂非懂地点头答应着。

"好吃不?"姥姥疼爱地问。

中方连连点头说:"嗯!好吃!"

"好吃你就多吃点!"

"嗯嗯!"

中方相信那是他一生中吃过的最好吃的美味,那妙不可言的味道,深深地烙在了他的记忆里,以至于在很多年以后,一想起来,仍是垂涎欲滴。

姥姥看着中方吃得津津有味,脸上洋溢起幸福和满足。

吃饱了,中方抹了抹油乎乎的小嘴,回头问姥姥:"姥姥,姥姥,俺妈咋不让俺搁大娘家玩了?"

"大人的事儿你不懂。"

"噢,好吧。"

"来,姥姥讲个故事给你听,好不好?"姥姥有意识地转移了话题。

"好啊!好啊!"中方兴奋地拍着手,他最喜欢听故事了。

于是姥姥搬了个椅子放到了屋门口的大树下,坐了下来,中方很享受地偎依在姥姥怀里,认真地听姥姥讲了起来。

"说从前啊,有一粒种子,它在土里面睡了很久很久。春天到了,它总算醒了。

神仙问它:'可爱的小种子啊,你想变成什么呀?比如花呀,草呀,菜呀,树呀。'

种子想了想说:'俺想变成一朵人见人爱的花。'

神仙说:'行啊,那把你变成牵牛花吧,怎么样?'

种子摇摇头说:'牵牛花是人见人爱,但是它闻起来不香啊。'

神仙笑着问:'那变成月季花怎么样?'

种子摇摇头说:'月季花是香,但是它身上长满了刺,扎人!'

神仙又问:'那变成豌豆花,怎么样?'

种子又摇摇头说:'豌豆花是没刺儿,但是它长得太矮了,花也太小了。'

神仙笑了,说:'我知道了,那就变成向日葵好了,不但长得高,而且花又大。'

可是没想到,种子还是摇头,它说:'向日葵的颜色也太单调了。'

然后种子在那想啊,想啊,想了半天,终于想到了一个好主意,它说:'我想变成……诶?神仙哪去了?'

原来呀,神仙早就走掉了,因为还有很多别的种子在等着她呢。"

"那后来呢?"中方好奇地问。

"后来啊,你猜怎么着,种子睡着了,等它一觉醒来,发现自己变成了一棵狗尾巴草。"姥姥指着院墙墙头上随微风轻轻摇摆的一簇簇绿色的狗尾巴草,说:"你看!其中有一棵就是那粒种子变的。"

姥姥讲得惟妙惟肖,中方听得深信不疑!

"我也想变成一棵狗尾巴草。"中方突然冒出这么一句。

姥姥不解地问:"为啥呀?"

中方天真地说:"那样的话,我就站在墙头上,又能看得见院里,又能看得见院外。俺藏在一大堆狗尾巴草中间,你吆喝俺,俺也不搭腔,就不让你知道哪个是俺!哈哈。"

"那我也有办法,我烙上一锅香喷喷的邋遢饼端过去,我好瞅着,哪一棵狗尾巴草要是流口水,我就上前一把抓住他,哈哈哈……"

"哈哈哈……"

……

七　特殊的春联

孩子们盼过年,过一年长一岁。

老人们怕过年,过一年少一年。

其实,所有人都是时间的孩子,时间牵着我们深一脚浅一脚地往前走,既带给我们快乐,也带给我们忧伤。但无论是盼年,还是怕年,年,终究还是会如约而至。

一九九三年的大年三十,一大清早,中方穿上了新衣服在自己家的院子里玩耍。新衣服是一个中方从未见过的人买的,中方只知道那个人叫三姨,在济南军区当兵,虽然是未谋面,但是在中方的印象中,家里跟三姨有关系的东西比比皆是,旧军装、布娃娃、花毛衣……反正中方知道,在镇上有一间神奇的绿房子,妈妈隔三差五地会去绿房子里取包裹,包裹里总是装满了惊喜,妈妈说那是三姨托绿房子里的人捎过来的。

树燕的男人挑着今年最后一担豆腐正准备出门,却迎面被一个衣着破旧送财神的老头挡在了自家门里。在乡下,每逢过年前夕,都会有些拿着财神、对联之类的老者挨家挨户地派送。财神送上门,很少有人会拒之门外,大过年的都图个吉利,给个一毛两毛的接个财神,贴墙上,也算值了!多的时候,一户人家一年能接十几张。

男人刚要开口,那老头却先打起快板,唱了起来:

太阳出来照西墙,

照着俺的旧衣裳。

旧衣裳来旧毡帽,

还是上年那一套。

竹板一打呱嗒呱,

来到你们这一家。

种豆子来磨豆浆,

一年四季天天忙。

人吃豆腐猪吃渣,

半年就把大财发。

男人不耐烦地说:"发啥嘞? 俺买卖还没开张嘞,你就来讨钱?"

那老头倒是不慌不忙,依旧满面春风,他接着打着竹板唱起来:

没开张也不要烦,

老哥帮你做宣传。

豆腐雪白真好看,

扁担上面挂两端。

老弟挑着转一圈,

就能把钱包装满。

五细柳来四桃园,

老弟豆腐美名传。

男人嘴角掠过一丝微笑。

老头却还没有停下来的意思:

卖得干来卖得净,

卖得半两都不剩。

卖到钱都挑不动,

找个平车往家送。

"得了吧,就算把俺自己也卖了,也不值一平车钱。说实在的,今年俺都接了五六张财神了,你上别家送吧。"

老头捋了捋长长的胡须,笑着说:

叫声老弟你别烦,

听恁老哥俺说完。

担待担待多担待,

你在家门俺在外。

在外有在外的难,

还请老弟多包涵。

不接俺也不生气,

其实你也不容易。

辛辛苦苦忙一年,

大过年的还加班。

老少都靠你来管,

撑起家中一片天。

男人无奈地放下了扁担,心里却觉得热烘烘的。

老头见状,趁热打铁指着男人身上的旧军装说:"老弟,看你这身行头,你当过兵吧?"

这句话似乎很凑效,极大地满足了男人的虚荣心,他笑着说:"没有没有! 是俺小孩他三姨当兵,穿旧的军装呢,她就寄给我了。唉! 当年验兵我没赶上,不然,我现在估计都当营长了哩!"

老头连连点头,说:"那是! 那是!"

男人感慨地摇了摇头,然后说:"不过你还是挺有眼光的,好吧,我看你也不容易,就接一张吧。"说完从裤子口袋里,摸出两毛钱给老头,接了一张财神。

中方的奶奶老远看见儿子给老头的是张绿色的纸票,她一边往大门这边走一边说:"你个傻瓜! 给他那么多干吗? 别人家才给五分钱你知道不?"

老头迅速把纸票塞进了口袋,然后笑呵呵地对着老太太打起了快板,说道:"老大姐你气色好,富贵荣华活到老!"

"好啥咧? 我现在走个路都要摔倒。"

"摔倒了拾个金元宝!"老头张口就是吉利话,谁能经得住他这么夸。

老太太也忍不住笑了,她指着老头说:"就你嘴巧! 这样吧,俺看你身后还背着纸笔,你给俺写副对联贴门上呗?"

"中! 平常写副收五毛,今天我的心情好,不收五毛收两毛。"

说完老头便径直走进了院子,去找铺纸写字的桌子。

老太太一听急了,跟了上去:"诶? 不是给你两毛了吗?"

"哎呀,那两毛是接财神的钱,写对联,你总得给俺个纸墨本钱吧。"老头耐心地解释着。

"可那两张小红纸儿,也值不了两毛钱啊?"

"大过年的,图个喜庆嘛。你看我用的都是上等的好纸,绝对对得起你那两毛钱!"

这时,一直在院里玩耍的中方,从自己兜里掏出了焐得热乎乎的两毛钱,上前递给了老头。

老太太真是又爱又气,她戳着中方的脑门,数落说:"傻不傻? 傻不傻啊你? 俺的个小乖乖来,你可真是大方! 你说说,这大的傻,小的咋也不精兮,俺的个老天爷来,这可咋弄咧?"

老太太尽管嘴上唠唠叨叨,但不难看出,她心里其实挺高兴的。

于是老头把红纸铺在桌子上,蘸着墨,毛笔一挥,在纸上一气呵成,写下了一副很有意思的对联:

夫在外肩挑日月,

妻居家扭转乾坤。

横批:

大有作为。

八　为悦己者容

几乎每个人在年轻的时候,都多多少少会有遗憾的事,而这些事便成为了心中隐隐的痛。

当然,树燕和她男人也不例外,只不过两个人的区别在于:树燕只有一个痛,那便是未能嫁给钱丰,而男人的痛就多了,比如没能当上兵啊,没能做一名出色的木匠啊,再比如没能娶⋯⋯太多太多了,假如一一列出,估计得列成一本书。

生活的艰辛让两个人的痛在这个并不算很大的院里发酵、摩擦、燃烧、爆炸,而中方便顺理成章地成为了最好的借口和导火索。就拿吃饭来说吧,吃早了是错,吃晚了也是错,吃快了是错,吃慢了也是错,吃多了是错,吃少了也是错,吃完了不主动收拾桌子还是错。对于一个年幼的孩子来说,大人欲加之罪,又何患无辞呢?

一九九五年,中方读小学了。随之而来的是,中方也出现了人生中第一个痛,那便是"人家的孩子"。在这个世界上,有那么一种孩子,不管遇到什么事都会和他扯上关系:人家的孩子考了多少多少分,你呢?人家的孩子多懂事,你呢?人家的孩子干活多好,你呢?人家的孩子⋯⋯吃饭时、睡觉前、考试后都是中方被父亲数落的黄金时间,让他小小的心灵蒙上了一层阴影,看不清未来。

于是,姥姥家理所当然地成了中方的避难所和乐园,在那里,没有数落,没有批评,没有指责,也没有别人家的孩子,有的只是姥爷慈祥的笑容,还有姥姥做的美味佳肴。姥姥总能用最普通、最司空见惯的食材烹饪出最与众不同的味道。她就像个魔术师,把春天煮进了面疙瘩汤里,把夏天摊进了菜煎饼里,把秋天晾在了地瓜脯里,把冬天包进了饺子里,反正无论什么季节,只要吃上一口姥姥做的美味,中方所有的烦恼都会土崩瓦解、烟消云散。

姥姥经常引以为豪地说:"俺娘家祖上是清朝皇宫里的御厨。"

对于这点,中方倒是深信不疑。

每次,姥姥都会坐在中方身旁,看着中方狼吞虎咽,然后笑着问:"好吃不?"

中方总是头也不抬地边大口吃着边答应着:"嗯!嗯!好吃!简直是人间美味!"

姥姥便乐得合不拢嘴:"那你就都吃了它,可别剩,剩了就不好吃咯!"

"嗯!诶?姥姥你咋不吃咧?"

"我刚才烧火的时候就吃咯!"

"噢。"中方就信以为真了。

等中方汤足饭饱了,姥姥会抚摸着中方的脑袋问:"吃饱了不?"

这时,中方拍拍自己圆鼓鼓的肚子,说:"饱饱的!连明天早饭都不用吃了!"

姥姥便很欣慰地笑了,连额头上的皱纹都舒展开了。

作为回报,中方会帮姥姥喂兔子,挖菜园,还有就是到邻居家拎水。

中方的力气大,每次拎水都是左右一手拎一桶,而姥姥总是不放心地跟在后面说:"你一回拎一桶还不行啊,别赶明儿累得不长个子了。"

"咋能呢。"说着中方走得更快了。

"唉!俺小儿长大咯,都能替我干活了,真没有白疼!"

听到姥姥的夸奖,中方兴奋得由走变成跑了。

"慢点儿!我都跟不上喽!"

"你当然跟不上喽,谁让你脚那么小的。"

中方突然停住了,回头问姥姥:"姥姥,你再跟俺讲讲你小脚的故事呗。"

"不是跟你讲过了吗?"

"俺忘了,俺还想听嘛!"中方用渴望的眼神看着姥姥。

这时,姥姥便会佯装生气地嘟哝着嘴,而眼睛里却是满满的爱,满得都快溢出来了。

中方知道姥姥这就是答应了,于是拎着水又跑了起来。

"慢点儿!慢点儿!"

中方把水桶放在院里菜畦的头上,正准备浇呢,却意外地发现最边上一棵青菜上落着两只蚂蚱,那蚂蚱和菜一样,也是绿色的,不仔细看的话,还真看不出来。它俩一大一小,大的驮着小的。

"姥姥!姥姥!快来看呀!"

"看什么呀?"姥姥好奇地问。

"你看呀!"中方指着菜叶上的蚂蚱说,"你说这个老蚂蚱它驮着小蚂蚱,不嫌累吗?"

姥姥看了,笑呵呵地说:"才不会嫌累呢,它心里可甜着哩!"

中方似懂非懂地点点头,然后慢慢地把水桶倾斜,清冽的井水缓缓地流进了菜畦,流向了每一棵菜,滋养着它们茁壮成长。

浇完了菜,姥姥便搬个凳子,坐到了月季花旁,中方也找来一个小板凳,紧挨着姥姥坐了下来,很享受地趴在姥姥腿上,仰着脸,静静地呼吸着花香,听着姥姥把那陈年往事娓娓道来:"搁过去呀,小丫头长到五六岁就要开始缠脚了,先把脚放在掺有白矾的热水里泡一段时间,把脚泡软了以后,找那种长布条把除大拇指外的四个小脚指头向下折弯了,和脚心缠在一块,缠完了再用针缝起来定型,那叫一个疼!"

刚讲到这,一向老实巴交、不善言辞的姥爷居然开口了:"唉矣!你旁还有的讲么?给小孩讲这个干什么?"

姥姥白了他一眼,说:"我又没讲给你听,烦人!你赶快到家后找那些老头打牌去吧!赶快走!赶快走!"

中方也趁水和泥地说:"就是啊!俺想听,你赶快走吧!打你的牌去吧!"

于是,姥爷叼着烟袋,一脸无奈地就出去了,娘俩有种胜利的喜悦,姥姥索性脱掉了鞋袜,于是一双形状奇特的脚便呈现在了中方的眼前。中方一点也不觉得它难看,反而觉得很有趣,他抚摸着姥姥的脚说:"接着讲啊!快讲,快讲!"

"哎哟喂!你别挠姥姥的脚心啊!痒痒啊!哈哈哈!我讲我讲!人家管裹过的脚叫莲。"

中方歪着脑袋好奇地问:"为啥叫莲啊?"

姥姥意味深长地说:"古时候啊,有个东昏侯,他用金纸剪成莲花的形状,铺在地上,然后让他的妃子赤着脚走在上面,就有了步步生莲花的景象,所以,后人就把小巧好看的脚叫莲。"

"噢。"中方点点头,继续认真地听着。

"这个莲呢,它有大小之分,大于四寸的叫铁莲,正好四寸的叫银莲,三寸的才能叫金莲。"

"那你的这个是什么莲?"

"我的这个啊,顶多算是铁莲,当年才裹到一半,我就嫌太疼,不裹了。"

中方正听得入神呢,突然,"咣当"一声院门被推开了。一个剪着齐耳短发、穿着军装的女人走进了小院,她面无表情,跟丢了魂似的,右手里握着一卷纸。

姥姥看着这个女人,愣住了。

中方小声地问:"姥姥,她是谁啊?"

"她就是恁三姨!"边说着,姥姥赶忙穿好了鞋袜,迎了过去。"麦儿啊,你这是咋了?也没提前写信说一声,咋就回来了?出啥事儿了?"

三姨终于抑制不住了,一下子扑到了姥姥的怀里,失声痛哭起来。

姥姥心疼地拍着女儿的背,她知道女儿一定受了很大的委屈,因为从小到大都很少见她哭过,姥姥小声地问:"是不是他不要你啦?"

三姨没有回答,依然在哭。

姥姥安慰她说:"那有啥呀,三条腿的蛤蟆不好找,两条腿的男人还不好找吗?俺早就说,别搁部队上找,还是咱老家的人靠谱,你还不信,你看……"

三姨哽咽着抬起头,泪眼婆娑地说:"不是,他没了!"

说完,三姨把那卷纸塞到了姥姥手里,就跑进屋里扑到床上,接着哭了起来。

姥姥慢慢展开那卷纸,原来那是一张报纸,上面很醒目地印着大大的标题:

英雄战士魏民,为救战友光荣牺牲!

标题下面还附有一张年轻英俊的照片。

姥姥什么也没再说,只不过泪却流了一脸。

接下来的几天里,三姨天天对着姥姥家那面镜子梳头,梳了一遍又一遍,眼睛盯着镜子,似乎要把镜子看穿似的。

百思不得其解的中方胆怯地小声问:"三姨,你怎么天天对着镜子梳头啊?"

"你还小,跟你说了你也不懂。"

中方不以为然地说:"俺不信!"

三姨叹了口气,说:"你姨夫生前最喜欢的一句话,就是**士为知己者死,女为悦己者容**。我在这儿为他梳妆打扮,他在天上看着呢!"

中方毕竟只是个孩子,他信以为真地走到了屋外的院子里,仰着头,搜寻着三姨口中在天上那个人。

当然了,他什么也没看到,除了刚飞过去的两只燕子。于是他转头问三姨:"天上没有人啊?"

三姨笑了,几天来她第一次笑了,尽管只是转瞬即逝,但她确实笑了,她放下了手中的木梳,对中方说:"等你长大了,才能看得见。"

中方点点头说:"噢,好吧。"

三姨抚摸着中方的脑袋,说:"走!三姨领你上抱子沟看大鹅去!"

中方欢呼着说:"好啊!好啊!看大鹅去!"

"把你二舅也叫上,给咱照张相。"

后来,在抱子沟,他们光顾着拍鹅去了,等到想拍人了,结果胶卷没了。

九　消失的象棋

三姨在姥姥家住了半个月,就回部队了。

一切又恢复到了从前,中方照旧帮姥姥干些力所能及的活,姥姥照旧会换着花样地做一些美味给中方吃,只是偶尔会自言自语地说一句:"不知道麦儿现在咋样了。"

姥姥除了做饭好吃外,还有个最大的爱好,那就是下棋。她家里有件宝贝,既不是金子,也不是银子,而是一副红木象棋。

每逢有人问起这么漂亮的象棋是搁哪买的,姥姥就会跟人讲:"这是前细柳二丫头她男人从夏庄街上花了十块钱买了块红木,又找了乡中学的老师给写上字,用了两个月时间才做出来的。"

别人便会说:"你咋摊上了那么好的女婿呢,你看这棋做的,真是鲁班在世啊!"

姥姥则会不屑一顾地说:"好啥呀,雕虫小技而已,手指头蘸蜜,甜不饱人的手艺,不是还跟旁人一样,打庄户么。"

姥姥嘴上虽然这么说,心里却挺开心的,她对这副象棋更是爱不释手,视若珍宝。

中方也喜欢那象棋,但他并不会下,只是把它当玩具玩。他最喜欢把棋子一枚枚摞在一起,不过每次摞到一半多就倒了,然后再摞,再倒,再摞,这样反反复复。

夏天的一个午后,树上的知了焦躁地唱着,歌声此起彼伏。

姥姥突然发现象棋不见了,这可把她急坏了,她翻箱倒柜,发疯似的找着,却一无所获。

于是姥姥问正叼着烟袋的姥爷:"你看见我象棋了吗?"

老爷翻眼瞅了瞅姥姥,说:"我不会下棋,你又不是不知道。再说了,我这不才刚从外面回来么?"

姥姥听了,生气地说:"你没看见就没看见,咋这么多废话呢!"说完又接着找起来,边找边自言自语:"这不出奇了吗,早上我出去割草前还瞅着的,这咋说没就没了呢,大白天的真是见鬼了!"

一圈找下来,还是没找到。姥姥手叉着腰,眼睛仔细地扫视着角角落落,最后她的目光定格在了中方身上。

中方正在树荫里弹玻璃球玩,姥姥发现他有意识地躲避着自己的目光,便产生了怀疑,她目不转睛地看着中方,走了过来。

还没等姥姥开口,中方支支吾吾地说:"我……我……我没看见超超拿……拿象棋。"

中方紧张的神情和莫名其妙的这句话,赤裸裸地出卖了他自己,让姥姥更加确信,他绝对和象棋的神秘失踪脱不了干系,最起码是知情者。

姥姥想了想,说:"没事儿,你跟姥姥说实话,你是不是看见超超给拿走了?"

中方低着头,不吱声。

姥姥尽量压住心中的怒火,说:"你怕什么呀!快说啊!到底看见他拿了没有?"

中方涨红了脸,回答说:"俺没看见他拿,俺就光知道他来的时候书包瘪瘪的,临走的时候鼓鼓的。"

姥姥点了点头,说:"这就对了,我说咋这个棋盘还在,棋子怎么大天白眼的就没了呢。我早就看那小兔崽子贼眉鼠眼的,不是个好玩意儿,走!我领着你,上他奶奶家要回来!我知道他天天住他奶奶家!"

中方急了:"俺不去,他会打俺。"

姥姥气愤地说:"他敢!我借个胆给他,他都不敢碰你!"说完姥姥便拿着牛皮做的棋盘,领着中方去超超他奶奶家了。

刚出院门,就听见有人喊:"三奶奶!三奶奶!那你站那千万别动弹吭!"

循声望去,原来是邻居家的女儿果红,她骑着新买的"洋车子",摇摇晃晃地向这边撞来,姥姥握紧了中方的小手,站在巷子中间一动不动,眼瞅着"洋车子"越来越近,越来越近,最后不偏不倚地撞在了姥姥的腿上。"洋车子"一歪,果红用左腿撑着地,才勉强没摔倒。

姥姥本来就一肚子气,又被这么一撞,可想而知了。但果红毕竟只是个孩子,再说她也不是故意的,于是姥姥强忍着火气,略带调侃地对果红说:"怪不得不叫我动弹呢,你怕我一动弹叫对不准是不?!"

果红一听乐了,哈哈笑起来,姥姥的气也在笑声中溶化掉了。

姥姥的家是整条巷子最边上一家,出了巷子便是大路,这条路是家后的人赶集或者下地的必经之路,而超超他奶奶家就在前面,隔着两条巷子。

姥姥领着中方刚拐弯走到南北主路上,远处一辆汽车疾驰而来,车后面腾起很高的尘土。当车开到姥姥和中方身旁时,戛然而止。汽车侧门上的玻璃被慢慢摇下了,里面露出一张大肥脸,嘴里叼着香烟,很陶醉地吐了口烟雾,然后他粗声粗气地冲姥姥喊:"老太婆,你们村的大队部怎么走?"

姥姥翻眼瞅了瞅车上的大肥脸,没搭腔。

大肥脸又说:"老太婆,问你呢!你耳朵聋了吗?"

姥姥一听,气不打一处来呀,可生气又能怎样?姥姥毕竟是姥姥,她走过的桥比中方走过的路都要长,她按捺住心中的气愤,笑着说:"俺没时间给你指路呀!前边俺侄子家的驴下崽了,听说下了一辆洋车子,俺得赶快去望望哩!"

大肥脸轻蔑地一笑,说:"谁信呀,畜生不下畜生,下车子?"

姥姥一本正经地点头说:"对呀!俺也纳闷呢,你说这牲口,他怎么会下车子呢?"

说完姥姥领着中方扬长而去。

大肥脸半天才反应过来,他把头伸出车窗,大声叫着:"诶!你这个老太婆,咋骂人呢!诶!你……"

姥姥和中方很快便来到了超超奶奶的家门口。刚一进院门,就看到超超和他奶奶正围着桌子吃饭。

姥姥若无其事地走进了堂屋,说:"哎呀,恁娘俩在吃饭呢?"

超超奶奶赶忙放下碗筷,搬了个板凳给姥姥,说:"坐下一块吃呗,三婶子?"

"不用坐,你说你要下棋直接上俺家下,不就行了吗?"

姥姥的话显然让超超的奶奶有点摸不着头脑。

姥姥装作一脸惊讶,说:"啊?不是你叫超超上俺家借象棋的吗?你看!这不是连棋牌盘都没拿,我就给送过来了。"

超超坐在那里,只顾低头吃着自己的饭,像跟他没关系一样。

姥姥走到超超跟前,问他:"超超,不是你上俺家把象棋拿走了吗?"

超超生气地翻眼瞪着姥姥,说:"我可没拿!谁看见我拿的?"

话都说到这份上了,姥姥也只好摊牌了:"俺家中方看见你拿的!"

中方胆怯地看了看超超的脸,发现超超正咬着牙,恶狠狠地瞪着自己,中方吓得赶紧又低下了头。

见中方被自己的气场给镇住了,超超干脆把手中的筷子一摔,跳了起来,冲到中方面前,凶神恶煞地揪起中方的衣领,大声地吼道:"你哪只眼看到是我拿的?啊?哪只眼睛看到的?"

中方被眼前这个大自己两岁的孩子给吓哭了。

两位老人赶忙拉着各自的孙子,就在拉扯不开之际,姥姥无意中看到里边的床底下,露出了书包的一个角,于是她松开了中方,径直向床那边走去。

超超大概是做贼心虚,想上前阻拦,但为时已晚。

姥姥弯腰一把抓住书包,拽了出来。由于书包是被倒着拿的,一瞬间,棋子散落了一地,真相大白!人赃俱在!

超超眼看着已经狡辩不下去了,按理说,他应该感到羞愧才对,可他却像受了天大的委屈一样,指着姥姥破口大骂:"你孬种!你孬种!"

看着自己的孙子这么没教养,超超的奶奶却任由他放肆,站在那无动于衷。

姥姥也真沉得住气,她慢条斯理地说:"超超啊,你自己数一数你的手指头,看有几根指着我,又有几根指着你自己!"

超超愣了一下,看着自己伸出那只的手,数了数,一根指着别人,却有三根指着自己。他赶紧把手收了回去,嘴上却仍不肯罢休:"你……你就是孬种!"

面对超超如此过分地当面骂自己的姥姥,中方实在忍无可忍了,他也不知道从哪里来的勇气,走到超超面前,狠狠地扇了超超一个耳光,大声地说:"不准你骂俺姥姥!"

这一个耳光彻底地激怒了无处泄愤的超超,他咬牙切齿地说:"你敢打我?!"说完他一个拳头挥出,重重地砸在了中方的鼻子上,砸得中方顿时鲜血直流。

姥姥把手中空了的书包往地上一甩,冲过来,挡在了中方前面,气愤地呵斥超超说:"你这孩子,也太不像话了!"

边说边掏出一方洗得发白的手帕给中方擦鼻血。

超超怒目圆睁,大声吼道:"是中方先打我的!你没长眼吗!"

超超的奶奶不但没有呵斥孙子,反而像护窝狗似的,助纣为虐地说:"我也看见了,是中方先动手打俺超超的!"

姥姥很不解地问:"你说这小孩不懂事,就罢了,你五六十了,也不明事理吗?"

超超的奶奶仿佛没听见一样,抚摸着超超的脸,关切地问:"疼不疼啊?"

姥姥大概觉得面前这蛮不讲理的娘俩无药可救了,她拍了拍刚擦净鼻血的中方,说:"赶快把地上的棋子捡起来,咱好走!"

中方懂事地点点头,把小褂的下端往上一翻,便形成了一个兜,这样就可以把棋子放在兜里了。

姥姥提醒中方说:"**数着点吭,一共三十二个!**"

"噢!"

而颜面尽失的超超仍没有善罢甘休,他走到床前一脚把其中一枚棋子踢到了墙角。

姥姥一向都把这副象棋视若珍宝,超超这一脚可谓是触碰到了她忍耐的底线,她说:"怪不得老人们都说,老子英雄儿好汉,老子要是乌龟,儿子准是王八蛋!"

超超的奶奶一听不乐意了:"三婶子,你要是这么说话就不该了,也太不给俺面子了!"

姥姥冷笑着反问:"谁说我不给你面子了?我给你面子,你不是不接吗!那只能撂地上咯!"

这时,中方已把最后那枚被踢到墙角的棋子也捡进了兜里。

姥姥问中方:"够数了不?"

中方点头答应着。

于是姥姥轻轻拍了下中方的肩膀,一起走出了屋门。

超超站在门槛上吼着:"滚!快滚!"

姥姥回头瞅了瞅超超,惋惜地摇了摇头,说:"唉!龙生龙,凤生凤,老鼠生儿会打洞,猫生猫,狗生狗,小偷儿子三只手!这么小就这样了,真是悲哀啊!"

十　新兵上镇了

五年的小学生活不知不觉就结束了,原先的土坯房翻盖成了宽敞明亮的砖瓦房,中方也有了属于自己的小小空间,雪白的石灰墙上贴满了奖状。

不幸的是,中方的爷爷、奶奶、姥爷相继从大活人变成了黑白照片挂在了墙上。所以,墙,成了中方记忆的一个载体,承载了欢乐和伤心。

一九九九年,蛙声一片的时候,中方来到了店头镇初级中学报到了。

"四个一排!四个一排!站好队吭!"教室门口,一个精神抖擞的老头,正井然有序地组织着几十名新生。

"欢迎你们来到初一八班,我是你们的班主任吴兴汉!同时也是你们的语文课老师。这个班,将成为你们每个人的人生新起点,你们绝大多数都是农民的孩子,爹娘省吃俭用供你们读书,你们拿什么回报他们呢?没错!分数!你们不像人家城里的孩子,条件好,你们最好的出路就是好好学习,考上大学。你们这届,是我退休前教的最后一届啦!"说到这,老师脸上略微显得有些伤感,但很快他就恢复了严肃,他接着说:"下面我按照入学成绩的名次,开始点名!点到谁,谁就进教室选座位!"

老师排座位的方法让同学们感到挺新鲜的。

"你们说我这个人古板也好,说我前卫也好,但总之,在我的班级里,请用成绩说话! 来! 第一名王敏,第二名李秀银,喊到名字就进去选座,暂时没喊到的先站好了,下一个吴康……"

中方对这个新环境充满了好奇,他激动地四下打量着这个接下来要待三年的校园。

"毕越和张中方并列第六,诶? 另一个呢? 你是?"老师问刚走出队伍的男孩。

"毕越!"

"那张中方呢? 没来吗? 张中方!"

同学们面面相觑,因为彼此之间大都不认识。

"张中方!"老师又大声喊了一遍。

中方这才回过神来,慌张地举起手说:"到! 到!"

"哈哈哈……"同学们被中方傻里傻气的表情给逗笑了。

老师也笑了,"咋还走神了呢? 跟个打愣的鸡似的,还不赶快进去。"

"噢。"中方便背着书包走进了教室。

教室里,那个穿着白衬衫的男孩正站在中间犹豫不决,他长得明朗帅气,尤其那双清澈的大眼睛,特招人喜欢的那种。

中方扫视了一下还比较空的教室,看中了南边靠窗的一个座位后,便朝那个座位走了过去。

几乎是同时,那个帅男孩也朝那边走过去,而且还快中方一步占据了那个位子。

中方也不甘示弱,把书包往桌子上一扔,说:"这个位子是我的!"

帅男孩翻眼看了看中方,反问道:"你的? 写你名字了?"

"诶? 是我先选的这啊!"

"我先坐下的好么?"

"位子那么多,你再找一个不就行啦?"

"那你咋不再找一个呢?"

争吵声被教室外的老师听见了,他隔着敞开的窗户说:"第一天就不团结,你俩都给我站在位子上别动!"

帅男孩瞪了中方一眼,小声地嘀咕了一句:"真是扫把星!"

中方也回了一句:"你才是扫把星呢!"

于是,两个人谁也不看谁。

其他同学陆陆续续地选好了各自的座位,最后,只剩下他俩尴尬地站在那。

终于,老师发话了:"开学第一天,就有部分同学不团结,而且还都是成绩不错的学生。"

老师的话让同学们的目光齐刷刷地投向站着的两个人。

中方感觉脸在发烧,恨不得找个地缝钻进去。

"咱全班五十六个同学,打个不太恰当的比喻,按数量来说,刚好是一首七言律诗,而你们就是我最后的诗作,只有你们每个人互相配合好了,才是一首好诗。可能会有人说,那在诗里面每个字的位置都是既定的,不能动的。其实不然,偶尔也会出现例外。这样吧,我来出两句诗,你俩谁答出来下两句,谁就靠窗坐!一个叫张中方,一个叫毕越对吧? 好,我就让你俩出现在同首诗里。"

说着他拿起一根粉笔,转身在黑板上写下了前两句:

秋中赏月对高楼,

月对高楼九上游。

从同学们的反应来看,似乎没有一个会的。

站着的两位自然也羞愧地低下了头。

老师见状,提示了一句:"其实后两句就藏在前两句里面。"

这下,同学们更琢磨不透了。

老师问:"你俩谁能答上来?"

两人的头低得更厉害了。

老师笑了,他指着黑板说:"大家看,其实前两句倒过来念,就是后两句。**游上九楼高对月,楼高对月赏中秋**。"

"哇!"同学们都觉得这简直太奇妙了。

老师接着说:"再打个不恰当的比方,中代表张中方,月代表毕越。每个字的位置固然重要,但更重要的是字与字之间的关系,关系好了,换个位置说不定会产生意外的效果。现在你俩自己再协商一下,到底谁来靠窗坐吧!"

中方和帅男孩一番谦让下来,最终就按他俩站的位置坐了下来,成为了帅同桌。

"既然座位的问题解决了,那我去教务处看下宿舍的安排情况,你们利用这个时间可以相互认识一下。"说完老师便出去了。

见老师走了,同学们开始畅所欲言,原本安静的教室很快变成了蛙声一片的池塘。

"你叫什么月?"中方主动开口问同桌的男孩。

"毕越。"

"闭月羞花的那个闭月么?"

"怎么可能?我是毕业的毕,超越的越!"

"噢。"

沉默了一会儿,中方不知道为啥,突然冒出个想法,他碰了碰毕越的胳膊,说:"不如,咱俩做兄弟吧?"

毕越想了想,说:"好啊!那以后你喊我哥就行了!"

中方急了。"你还不一定比我大呢!我六月二十五生的,你呢?"

"不会吧?我也是六月二十五哎!"

"啊?我说是农历!"

"我说的也不是阳历啊!"

"那怎么办?"

"这样吧,下次考试,谁的分数高谁就当哥,敢不敢?"

中方胸有成竹地说:"那你可当定弟弟了!"

"你别弄错了哦,咱比的可是学习,又不是比吹牛皮!"

"不管是学习还是吹牛皮,你都不是我对手!"

"那咱走着瞧!"

"走着瞧就走着瞧!"

……

分宿舍床位时,中方和毕越按照自己意愿,顺理成章地分到了一起。

晚上,熄灯铃响了以后,中方悄悄问毕越:"你长大后想干什么?"

毕越不假思索地说:"当明星!那你呢?"

中方小声说:"嘿嘿,那我就跟你混吧。"

毕越乐了:"哈哈,你能有点出息不,你就像那第二只屎壳郎。"

"啥?"

"第二只屎壳郎!"

"不懂,到底是啥意思啊?"

"这都没听过,好吧,那我就给你讲讲吧。说呀,从前有两只屎壳郎,第一只说,等我发了财,我要把全天下的茅坑都包下来,到时候想去哪个吃就去哪个吃,你猜第二只咋说?"

"咋说?"

"第二只说,你真没出息,要是我发了财呀,我只吃最新鲜的,哈哈哈……"

"你才是屎壳郎呢!"说着,中方咯吱起毕越。

"啊!好痒啊!哈哈哈,别!哥,我求饶!"

"嘘!小点声!"

"哈哈。"

……

就这么笑着闹着,中方慢慢爱上了这个新环境。

十一　最窘愚人节

光阴荏苒,犹如白驹过隙。昨日还是烈日炎炎的盛夏,今日已是瑞雪纷纷的寒冬,能见证岁月痕迹的就是中方家墙上的奖状越来越多。

转眼已是二〇〇二年,最后一学期了,同学们都在为即将到来的中考而努力着。

这天,中方吃着刚从食堂里买来的包子,正往宿舍走,准备午休。

毕越急匆匆地跑了过来,气喘吁吁地说:"你的梦中情人找你有事,让我转告你的!"

中方笑着问:"谁呀?"

毕越鄙视地瞪了中方一眼,说:"装啥呀,王凤呗!"

中方激动地问:"在哪呢?"

毕越一本正经地说:"她让你到她的宿舍找她。"

"真的假的?"中方显然有点难以置信,因为王凤可是他心中最美丽的童话。

"骗你干吗?不信算了,你这人真是的!"

看毕越那认真劲,中方想不相信都很难。于是,他把手中没吃完的包子往毕越手里一塞,说:"赏你了!"说完就飞一样直奔女生宿舍而去。

快到宿舍门口时,中方故意放慢了脚步,努力地让自己保持镇定。即便是这样,他的身影这么冷不丁地在女生宿舍门口一出现,还是着实把女生们吓了一跳,因为她们一点心理准备都没有。

中方有点不好意思地解释说:"是王凤让我来找她的。"

此刻,王凤正躺在床上看书,听中方这么说,她赶紧坐了起来,诧异地说:"没有啊!我没有让你来呀!"

中方有点蒙了:"可毕越说,你让我来宿舍找你的啊!"

靠在门边的白荷给中方指点了迷津:"你上当了,今天可是愚人节噢!"

全宿舍的女生都哈哈大笑起来,中方那叫一个尴尬呀!

他知道有春节、元宵节、清明节、端午节、中秋节、重阳节、腊八节,这啥时候又多了个愚人节呀?

正在这时,午休的铃声响了。

中方刚要离开,就听外面有位女生边跑边喊:"老吴来了!老吴来查宿舍了!"

这下,中方可慌了神,要知道,擅闯女生宿舍可不是小错。情急之下,中方钻进了床底下,藏了起来。还用脸盆遮住了自己的脸,颇有掩耳盗铃的意味。

外面传来了老吴的声音:"今天轮到我值班了吭!衣服穿上吭!别让我看到不该看的画面吭!"

中方紧张得大气都不敢喘。

从脚步声判断,老吴似乎已经进来了。中方屏住呼吸,战战兢兢地挪了挪脸盆,他发现,此时老吴的脚就在一步之遥,而且站在那不动了,难道是自己被发现了吗?

中方刚准备要束手就擒、坦白从宽,老吴却说话了:"俺滴个亲娘来,白荷啊,你瞅瞅你床上脏得呦,雪白的床单活生生地叫你睡了个人的形状出来。俺说句不好听的,你可别生气,俺家那个猪圈都比你这里干净利落。看你平时打扮得花枝招展的,原来是出淤泥而不染啊!"

床底下的中方又紧张又想笑。

老吴走了几步,停在了另一个同学的床前,说:"俺滴个老天爷来,周菲同学啊,你到底是来上学的,还是来开动物园的啊?赶紧地把你床上这四个兔子、三头小猪、两个狗熊,还有那个人老鼠,给我收起来!你说,这二十二个眼珠子互相瞪着,你也不嫌乎瘆得慌?"

周菲小声嘀咕了一句。

"你说啥?"老吴问。

"我说,不是二十二个眼珠子。是二十个!"

"你自己那两个不算吗?"

"噢,忘了。"

"你说你学习要是有这么较真,该多好啊!还跟我算算术呢,你知道俺祖上是干什么的不?"

同学们饶有兴趣地听着。

"俺祖上都是制作算盘的,你们可别小瞧那小小的算盘,它可是唯一能和四大发明相提并论的,就连《清明上河图》上都画着一个算盘,就在赵太丞药铺的柜台上放着。"

突然,老吴打住不说了,他慢慢走向中方这边,弯下了腰,轻轻地把中方挡脸的脸盆移到一边。"嘿?这床底下咋还藏着一只硕鼠呢?"

唉!到底还是被老吴给抓住了,中方羞红了脸,慢慢地爬了出来。

"你小子胆子不小啊,下午放学前,交一篇命题作文给我!题目《女生宿舍奇遇记》,八百字以上,要求内容具体、叙述清晰、感情真挚、反省深刻、中心突出!还愣着干吗?滚回你自己的宿舍!"

中方一溜烟跑了。

回到自己宿舍后,毕越一见着他,笑得在床上打滚。

中方鞋都没脱就扑到床上,说:"看我不打扁你才怪!"

"啊!我错了,哥!哈哈哈,哥,哈哈……"

其实,真正的好朋友就是这样,并不是一辈子都相敬如宾,不惹对方生气,而是,开得起玩笑,无论你再怎么生气,都能一笑而过地原谅对方!

十二　奇妙的五官

"毕业"这两个字,从明天沦为昨日,竟是如此神速!是人生的催促,还是青春的不止步?

之前,曾因偷偷溜出校园而沾沾自喜。之后,却又偷偷溜进校园寻找过去的影子。那曾经跑不完的操场,走不完的长廊,如今,却变得如此之短。还有那曾经以为不可或缺的朋友,走着走着就散了,比方说毕越,他考进了县一中,而中方则进了县二中。

高中,相对初中而言,学习面更广了,当然,节奏也变快了,于是中方渐渐将那些跟初中有关的情结打包,寄存在了回忆里。

早就听说二中学美术的学生特别多,中方打心眼里羡慕他们,有才艺,有气质,有风度!不过,同时他也明白,艺术对自己来说,是不可触碰的禁区,纵然自己万般热爱,但传统的观念注定了家人是不可能同意的。

转折点出现在一堂课上,严格地说,那是一场动员大会。倘若说在那之前中方对美术的感情只是停留在喜欢的程度上,那毫不夸张地说,在那之后,他绝对算得上是痴迷。

记得那是在学校一楼的礼堂里,没有标语,也没有横幅,却座无虚席。

中方坐在最前排的正中间,讲桌就近在咫尺,触手可及。

一位戴着眼镜,手端茶杯的中年人走了进来,站到了讲台上,说:"同学们,大家好,我是美术专业辅导老师朱君。"

他的声音听上去很有磁性,立刻获得了同学们的热烈掌声。

"今天呢,把大家召集到这里,目的是让有艺术梦想的同学踊跃报名艺术班。众所周知,咱临沭二中相当重视艺术类专业的培养。历届通过艺考进入一流大学的大有人在,其中不乏一些顶级的艺术院校,像中央美院、清华美院、北京电影学院等等。"

同学们听得很认真,尤其是中方,他目不转睛地看着眼前这位传说中才华横溢的老师。

老师喝了口水,微微调了下眼镜,接着说:"大多数人总觉得艺术和自己沾不上边,这种观念是不对的! 艺术是什么? 简单地说,艺术就是把你眼睛看到的、大脑想到的画面呈现在纸上,把你听到的、心里感到的用旋律表达出来。假如你对艺术的热爱已经萌芽,那请千万别将它抹杀! 同学们,想想看,倘若能用自己喜欢的专业来成就自己的人生,何乐而不为呢?"

中方听得心潮澎湃,他感觉浑身的血都在往头上涌。

"传统观念总喜欢把艺术和'旁门左道''投机取巧'这种词绑架到一起,认为学艺术就是不务正业。其实,那是因为他们不了解艺术,艺术原本就可以修身养性,又可以当职业谋生,更重要的是,学艺术的过程也是学做人的过程。为什么这么说呢? 因为艺术里处处充满了做人的道理。这样吧,我给大家简单举个例子。"说着朱老师拿起粉笔转身在黑板上画了起来。手起笔落,仅仅一分钟左右,四个活灵活现的图案便跃然黑板之上了。自上而下,分别是眼睛、耳朵、鼻子和嘴。

同学们纷纷投来崇拜的目光。朱老师放下粉笔,端起茶杯,喝了口水后,说:"没错! 我画的就是常说的人的五官。"

中方小声说了句:"明明只有四个啊?"

尽管中方的声音很小,但还是被细心的朱老师给听到了。朱老师非但没有生气,还指着中方笑着对大家说:"这位同学提的问题好! 他说明明只有四个,对! 咱美术学上说的五官指的是视觉上的,分别是眉、眼、耳、鼻和嘴,但是医学上的五官指的是眼、耳、鼻、嘴、舌。区别在于一个把眉眼拆开算,另外一个则是把嘴舌拆开算,所以我画的是五个。不过今天咱先不讨论这个,我给大家说说艺术中蕴含的人生哲理吧。"

中方记得很清楚,朱老师当时指着黑板上的图画,说了四句让人拍案叫绝的话。正是这四句话促成了中方做了一个重大的决定:偷偷地瞒着家里,报名进了美术班。

由于中方的文化课基础扎实,又有绘画的热情。所以,在美术班里可谓如鱼得水。中方从未后悔过自己当初的这个选择。按他的理论来说,天上的星星太多了,与其去争取那若隐若现的光芒,他宁愿化作一颗流星,燃烧刹那的美丽!

后来,中方把那天朱老师画的图案和写的四句复制到了纸上,成了他的人生格言。

人有两只眼睛,所以看事物要从不同角度出发

人有两只耳朵,所以不能只听信一面之词

人有两个鼻孔,所以遇事别一个鼻孔出气

人只有一张嘴,所以要少评论他人长短

十三　鸟儿的评说

高中的日子就那么忧郁地缓缓流淌着,偶尔也会溅起一两个叫快乐的浪花,但总是转瞬即逝。

当小孩口中对自己的称呼,由哥哥改为叔叔的时候,中方意识到自己真的长大了。而伴随年龄一起成长的,还有学费和生活费,尽管中方省吃俭用,但仍然将这个原本就不富裕的家庭压的气喘吁吁,更何况他还瞒着家里学习美术呢。

终于,在一个风和日丽的日子,中方的妈妈,也就是树燕,在姥姥的小院里宣布了一个酝酿已久的决定:"俺要上县城卖菜煎饼!"

姥姥倍感意外地说:"啥?上县城?卖菜煎饼?"

"嗯!"树燕连忙点头。

"就你?俺看还是算了吧!县城有能的人多了,就单缺你?再说了,你搁哪儿卖?搁哪儿住啊?"

"俺早盘算好了,就搁在俺好姐妹李珍的文具店门旁卖,那可是县城的中心,人可多啦。至于住嘛,俺就住红利家的地下车库,里面宽阔得很,天天空着怪可惜的,俺可是他亲姨,他还能不给住咋地。"

姥姥一针见血地说:"你是他亲姨不假,可关键你不是他媳妇的亲姨!"

树燕胸有成竹地说:"你就放心吧,他媳妇心眼可好了,一准同意!"

姥姥意味深长地叹了口气,说:"唉……你要决定好了,就去呗!反正旁人也做不了你的主。"

一周后,一辆经过改装,加了个棚子的三轮车,从前细柳村出发了,三轮车里装得满满的:两个煤球炉,一袋面粉,一大桶花生油,各种小用具。总之,能从家里带的全都带上了。树燕满载着希望和憧憬,蹬着三轮车逆坡而上。

等她的身影出现在县城时,已是华灯初上,霓虹闪烁。

一切都如树燕所想的那样,进行得顺风顺水,第二天上午,在临沭县人流量最大的常林商城里,多了一个菜煎饼摊,也是从那天开始,临沭二中的食堂里少了一个学生的身影。

除了树燕自己,估计谁也没想到树燕的生意一上来就火了。究其原因,除了得天独厚的地理位置外,最主要的还是因为树燕用的全是真材实料,尤其是自家产的花生油,隔着老远就能闻得到那浓郁的醇香。当时,一个菜煎饼仅仅卖五毛钱,加了鸡蛋也不过才一块,但树燕已经相当满足了,既能赚钱,又能每天见着儿子。

对中方而言,每天往返于学校和菜煎饼摊之间,他乐此不疲,因为这样既能吃到妈妈亲手做的东西,又省了钱,偶尔还可以四处逛逛看看,长长见识。其实,除此之外,他心里还藏着一个不为人知的小秘密,他意外地发现,自己特别欣赏的那个女孩每天回家的路线几乎与自己的路线重合。

那个女孩叫陈瑜,是音乐班的班花。想想看,音乐班学生的形象值,原本就高于其他班的学生,倘若能在音乐班称得上班花,那是怎样的花容月貌、超凡脱俗啊!最主要的是,陈瑜不仅仅是形象好,学习成绩也是出类拔萃,把她比作男生们心中的女神,都丝毫不过分,所以,中方从来不敢奢望能和她做朋友。但是,不敢并不代表不想,他每天不远不近地跟在陈瑜的自行车后面,看着那长发飘飘的背影,闻着她经过留下的气息,幻想着各种不可能的可能。

其实,人生之中,谁还没有过几回这种小秘密?尽管内心波翻浪涌,脸上却云淡风轻。

而被关注的那个人呢,永远不知道那个避开她眼光的人,上一秒钟是用何等温柔似水的眼神注视着她。

暗恋的美,正在于它内心的浓和表面的淡,浓的是欣赏,淡的是欲望。暗恋的美,还在于它是一场可以尽情发挥却无人打扰的独角戏,把自己的心愿投射到那个人身上,暗中偷瞄她的样子,关注着她的一举一动,还刻意地装作不刻意,她却全然不知。

暗恋也是苦涩的,那个人一直左右着自己的视线,可她的目光却不会在自己身上多停留一秒,不过苦涩中却潜藏着秘而不宣的快乐,中方就很享受这种快乐!

陈瑜的家住在红石湖公园旁边的薛疃街道,每次中方都会停在岔路口,目送着她拐进里面的小巷后,才恋恋不舍地离开。久而久之,中方摸透了陈瑜上学的时间规律,于是回学校时,他总提前几分钟守候在离岔路口几十米的地方,静静地等着她的身影出现。

上帝总会垂青有心之人。

春末夏初的一个午后,阳光明媚,街角的音像店里播放着一首叫《遇见》的歌,似乎在预示着什么。

陈瑜的身影如约而至地出现在了岔路口,中方一如既往地当着自封的护花使者,小心翼翼地保持着早已习惯了的"安全距离"。

就在陈瑜刚拐进常林大街时,一辆疾驰而来的摩托车径直撞向了她,她躲闪不及,连人带车被撞倒了。而可气的是,骑摩托车那小子只是回头看了一眼,然后一加油门,跟鬼追得似的,飞快地逃跑了。

中方真是又气又急,他猛蹬几下自行车,来到陈瑜身旁。此时的陈瑜被自行车压住了左腿,胳膊和脚踝也都擦伤了,正努力地试图爬起来。

中方把自己的自行车往路边的绿化带上一靠,凑上前,关心地问:"没事吧?陈瑜同学。"边问边扶起了车圈已变了形的自行车。

陈瑜惊讶地看着中方,问:"你怎么知道我的名字啊?"

中方害臊得脸立刻就红了,羞涩地说:"你这么漂亮,又经常在校会上当学生代表来演讲,咱二中的男生谁不认识你呀。"

陈瑜努力站了起来,笑着说:"哪有这么夸张啊。"

中方指着车子,岔开了话题:"我看你这自行车也没法骑了,就先锁在前边的商场门口吧,估计也没人会偷。让我先载着你去学校呗?"

陈瑜想了想,说:"好吧,那麻烦你了。"

中方腼腆地笑着说:"麻烦?这有什么麻烦的。能为你效劳,是我的荣幸!"

两人把变了形的自行车放置好后,陈瑜便坐在了中方的后座,向学校出发了。

中方觉得像做梦一样,幸福降临得太突然,心里既忐忑不安,又兵荒马乱,甚至还夹杂着一点点沾沾自喜。他真希望这梦千万别醒,就这么一直骑着。原本感觉挺长的常林大街,今天却感觉突然变短了好多。

"诶,都忘了问你是哪个班的。"

"我啊,十三班的。叫我中方就行。"

"噢,原来是美术班的啊,那你画画怎么样啊?"

"还行吧,改天有机会的话,给你画一幅?"

"好呀好呀,求之不得!"

"不过,作为回报,你得唱歌给我听!"

"没问题!"

"对了,反正我也顺路,这两天就让我来接送你吧。"

"这……方便么?"

"当然!"

"那谢谢了!"

"嗨,客气啥呀!"

"好吧!"

……

从那天开始,那条熟悉得不能再熟悉的常林大街上,两个人的距离,由之前的几十米变成了咫尺,后来陈瑜索性连自行车也不去修了,两个人变成了无话不谈的好朋友。

中方特别欣赏陈瑜,欣赏她在音乐专业成绩那么棒的情况下,文化课成绩竟然也在全校名列前茅。

与此同时,各种风言风语开始在学校里蔓延,从夏初一直蔓延到盛夏。中方俨然成了男生们的公敌,特别是中方的班长王珂,他曾屡次想和陈瑜交个朋友却屡次遭到拒绝,陈瑜给他的答复是咱现在还只是中学生,任务是学习,所以,中方自然被王珂视为眼中钉、肉中刺,他恨不得把中方挫骨扬灰。于是,他利用自己当班长的特权,只要是能刁难中方的机会,他从不放过!甚至有时他还会绞尽脑汁制造机会来刁难中方。久而久之,中方也是习惯成自然了,他只是每天都期待着周末能早点到来。

周末,是上天最好的馈赠,至少中方和陈瑜是这么认为的。在那天,他们的身影或是出现在苍马山顶,或是出现在沭河古道边,或是出现在彩虹桥上,或是出现在红石湖公园里。

陈瑜喜欢随身带着一部相机,她很喜欢拍照,只不过大都拍景,极少拍人。

中方问她:"为啥每次拍照都只拍景啊?"

陈瑜莞尔一笑,说:"如果拍人的话,就没必要到处跑了啊,在家里拍就是了。挺美的风景冷不丁地出现了一个人,那多影响画面啊。"

中方想了想,点头说:"好像也有道理。"

"本来就是!"说着陈瑜从书包里取出一本粘贴式相册,掀开后说:"你看看这些照片,是这样看好看呢,还是多出来一张脸好看呢?"

中方凑近一看,的确如陈瑜所说,只是,她把平日里司空见惯的景拍得太美了!

两个人最情有独钟的地方,那非抱子沟莫属了。除了那里人迹罕至之外,沟谷里的美景对他俩而言,有着致命的诱惑。

抱子沟就在前细柳村西南方向,它像一条绿色而又晶莹的绸缎在田野间缓缓流淌,绸缎上点缀着各种野花、野草、野树,沟谷里水汽氤氲,莺歌燕舞,野兔野鸡出没其间,溪水漾着漩涡,唱着欢快的歌,向前行进着,歌声在两侧的石壁间回荡。

抱子沟里石头繁多、大小不一、形状各异,或卧或立,没有人知道这些不起眼的石头到底见证了多少风风雨雨,因为我们只不过是这些石头的过客,我们只能看到石头的现在,那过去呢? 将来呢? 有谁会知道呢?

中方和陈瑜把抱子沟比作世外桃源,在他俩眼里,抱子沟的每一棵草、每一朵花、每一滴水、每一块石头都是未知之谜,等待着他们去慢慢解读。

"哎呀!"陈瑜指着中方的脚说,"你看你把刚发芽的草都踩倒了。"

中方坏坏地一笑,说:"没文化了吧,这叫踏青,懂不!"

陈瑜撅起嘴说:"哼! 强词夺理!"突然她灵机一动,用力地推了中方一把。

中方丝毫没有防备,差点儿跌进了水里,好不容易才站稳,问道:"推我干吗啊?"

陈瑜哈哈大笑,说:"推你去踏浪啊!"

中方也笑了,说:"算你狠! 对了,问你个事儿。"

"嗯,说!"

"你说你到底是欣赏我帅气的形象,还是欣赏我满腹的才学呢?"

陈瑜一听,笑得都弯下了腰,指着中方说:"我就欣赏你这种幽默。"

中方像小孩一样嘟哝着嘴说:"哼!调戏良家少年!"

陈瑜瞪大了眼睛,一副惊讶的表情,说:"就你?那我能调戏你这样的?鬼才信呢!不对,连鬼都不相信!"

中方吐了吐舌头,说:"简直太打击我了,你不知道人家脸皮很薄吗?"

陈瑜连连点头,一本正经地说:"是挺薄的,还差好几页才赶上现代汉语词典呢!"

中方也是服了,说:"好吧好吧!我甘拜下风,恳求女侠口下留情。"

"这还差不多。诶,对了,你知道我家是开影楼的,可我还不知道你家是干啥的呢。"

"我家啊,"中方迟疑了一下,"我家啊,做小生意的。"

出于男生的自尊心,中方不希望陈瑜再追问下去,因为他总觉得妈妈的行业让自己很没面子,艺术班的学生家境一般都不错,中方说不清啥时候就有了这种虚荣心。

"快看那里!"陈瑜指着水面对中方说。

中方往那边一看,水面之上的水草叶上,一对小蜻蜓首尾相接,正在交配。

"看到没?"

"嗯,两只蜻蜓啊。"

"哎呀,不是让你看这个。你没发现吗,它俩组成了一颗心的形状哎!"

"嘿!还真的嘞!"

"嘘,别把它们吓跑了。我要把它们拍下来。"

"对了,你刚才不是夸自己满腹才学么?看在这鸟语花香的份上,我就赏你一个展示的机会,赞美我几句,看看你的文学功底如何。"说完陈瑜就闭上了双眼,微笑着等待中方的赞美。

中方想了想,说:"你是小树,亭亭玉立;你是花朵,芬芳醉人;你是溪水,清澈纯洁;你是——"

"打住吧,别是个这是个那了,你明摆着说我不是人嘛,换别的!"

"同学,一天不见你,我就睡不着吃不下,感觉喘气都困难。"

"原来你把我当空气啊,透明的,可以视而不见,是吧,换!"

"我最近迷上了一位同学,想知道她是谁吗?她远在天边,近在眼前。"

"我最讨厌别人拐弯抹角,直接说是谁不就行了吗,换!"

"假如可以的话,我真希望能和你永远做好朋友,岁岁年年、日日夜夜、时时刻刻、分分秒秒。"

"才不要呢,要真是那样,那我岂不是一点自由都没有啦?再换!"

中方深情地看着陈瑜,沉默不语了。

"咋啦,景德镇关门,没词儿啦?"陈瑜得意地笑了,可当她睁开眼睛,碰到中方那炽热的眼神时,脸红着转头躲避开了。

在这如诗如梦的大自然画卷里,两个人尽情地享受着明媚的阳光,清新的空气,他感觉世界上最美的风景,也比不过抱子沟的这片草地。

沟的下游,有一棵大柳树,没人能说清楚当年是哪位前辈在这儿无心插了枝柳条,才成就了日后这浓密的绿荫。微风拂过,成百上千根绿丝条随风起舞,泛起醉人的绿浪,那一片片嫩绿的叶子,便是一朵朵微小的浪花。

柳树下有一块巨大的石头,中方和陈瑜最喜欢坐在上面畅谈人生,尽管他俩自己也搞不明白到底什么是人生。

中方感觉心里有点堵,他几次想对陈瑜坦白,说自己家所谓的生意其实就是摆菜煎饼摊的,但在诚信和虚荣的斗争中,屡屡后者占了上风,每次话都到嘴边了,又咽了回去。

终于,中方再一次鼓起勇气,说:"其实我妈是摆……"

"嘘——"没等中方说完,陈瑜便打断了,示意他别出声,她指着头顶的柳枝说:"看那里!"

顺着她指的方向,中方慢慢仰起头望去,惊喜地发现柳枝条上,两只小鸟正兴致勃勃地唱着,它俩把一根新枝压出了一个漂亮的弧。

不知为何,中方总觉得周末这一天时间过得比平常的日子快得多,不觉已是下午了,两人踏上了返城的路。

一望无际的麦田,绿油油、毛茸茸、清爽爽、笑朗朗。一阵风儿抚过,麦浪此起彼伏,特别壮观和震撼。

一条坑洼不平的土路蜿蜒在麦田之间,那是中方和陈瑜最钟爱的一条路。

自行车晃晃悠悠地向前行进着。大概是情之所至,坐在后面的陈瑜唱起了歌:"听见,冬天的离开,我在某年某月醒过来。"

出乎陈瑜的意料,中方竟然默契地附和起来:"醒过来。"

"我想,我等,我期待,未来却不能因此安排。"

"因此安排。"

"阴天,傍晚,车窗外,未来有一个人在等待。"

"在等待。"

"向左,向右,向前看,爱要转几个弯才来。"

"才来。"

……

"总有一天我的谜底会解开。"

"解开。"

"嘿! 还别说,你合得不错嘛。"

"那当然!"

"对了,"陈瑜拍了下中方的后背,问:"之前在大柳树下,你想说啥来着?"

"噢,我想说,其实我妈是摆……"

"停!"陈瑜再次打断了中方的话,"我都猜到你要说啥了!"

"啊?"中方心头一震,"难道她早就知道妈妈是摆小摊的了?"

没想到,陈瑜却说:"你肯定是要这么说,其实你吗,是百里挑一的好学生,既不抽烟,又不喝酒,还不上网玩游戏,对吧?"

中方没想到陈瑜误以为他要夸自己,他心想,既然这样,干脆就以后再说吧,便问陈瑜:"你咋知道的?"

陈瑜得意地说:"就你那点小心思,岂能瞒得过本姑娘。干脆我再教你两句吧,你下次应该这么夸自己,像你这么好的男生全天下只有三个,一个已经死了,另一个还没出生,唯一活着的就是你了,哈哈哈……"

两个人的笑声洒满了麦田间的小路。

回到了县城,陈瑜在岔路口下了车,先回家了,中方去了妈妈的煎饼摊。

有时,事情往往会这样:你越是盼什么,什么偏偏绕道而行;你越是怕什么,什么却不请自来。

就在中方推着自行车来到妈妈的煎饼摊时,猛然发现坐在摊子上的两位顾客竟然是自己的班里的女同学,赵静和张晓。她俩一人托着一个菜煎饼正吃得津津有味呢。

中方脑袋嗡地一下就蒙了,看来穿帮是在所难免了。

妈妈见中方来了,便问:"你今天跑到哪去了?"

中方沮丧地说:"玩去了。"

"诶,这不是张中方吗,你们是亲戚呀?"赵静惊讶地问。

其实,她的惊讶早在中方的预料之中。

妈妈笑着解释说:"这是俺……"

中方急了,因为真相马上要被揭穿了,他立即打断了妈妈的话,说:"这是俺姨!"

妈妈的笑容僵住了,但她马上明白了儿子的用意,勉强地跟女同学笑了下,说:"嗯!俺是他姨。"说完妈妈便转过身切菜了,一直没再转回来。

年少无知的中方一时无法感受到自己那句话对妈妈的伤害有多大,那就宛如一把锋利的尖刀刺进了妈妈的内心深处。气氛显得有些尴尬,中方也觉得自己不应该那么说,灰溜溜地推着自行车离开了。直到他转弯消失了,妈妈也没转头看一眼,只是默默地在那切着菜,没人能体会到此刻她心中的酸楚。

中方漫无目的地转了一圈后,来到了和陈瑜家仅百米之隔的红石湖公园。

他静静地坐在一座小亭子里,盯着湖水发呆,一直坐到了黄昏,夕阳把他的影子拉得越来越长。幽静的林间小路上亮起了路灯,他才意识到时间不早了,该走了,因为跟陈瑜约好的去接她呢。

远远的,中方看见陈瑜正站在岔路口左顾右盼,焦急地等待着自己的出现,只是陈瑜想不到他会从反方向过来,他把烦恼暂时抛到了一边,悄无声息地走到了陈瑜身后,而陈瑜却全然不知。

"喂,走了!"

陈瑜吓了一跳,回头一看,是中方,于是她开始抱怨:"急死我了,我还以为你把我给忘了呢!"

中方笑了笑说:"把全世界忘了,都不会把你忘了!"

"少来这套,"说着陈瑜坐在了后座上,"快走吧!"

"嗯!"

很快两人便抵达了学校,陈瑜去了琴房,中方则向画室那边走去。

刚到画室门口的走廊里,中方就听到里面有人正在谈论自己,于是他停下了脚步,把耳朵贴近了门缝。

"俺觉得那不是他姨。"听声音这是赵静。

"谁说的?那就是他姨,你没听见他姨自己都说是了吗?"这是张晓的声音。

"可我总觉得有点儿怪怪的,反正我也说不清楚。"

"你俩都别猜了,我来告诉你们吧,那就是他妈,他觉得他妈摆摊让他很没面子,所以才不敢承认。唉!真是爱慕虚荣!真是想不通,陈瑜咋会看上这个虚伪的东西呢?"说这话的是中方最讨厌的人,班长王珂。

中方愤怒地踹开了画室的门,指着王珂问:"你骂谁呢?"

王珂轻蔑地瞟了中方一眼,说:"没人骂你呀,我们在讨论,讨论——讨论一只黑乌鸦呢!你说这乌鸦也真是的,自己一身黑,还赖人黑它!哈哈。"

画室里一片哄笑,因为中方当天穿的就是黑色的衣服。

这一刻,中方压抑在心底很久的怒火终于爆发了,同样,王珂对中方的嫉妒也不是一天两天了。于是,两个人大打出手,结果把画室变成了废墟,一片狼藉。

由于是自习课,班主任又不在,所以,这事儿就暂时被放到一边没处理,但两人都怄着气,谁也不服谁。

第二天下午,最后一节课是班会。上课铃响了,可走进教室的却不是班主任,而是教化学课的卢老师,他是中方最敬仰的老师之一。卢老师虽然教的是化学,但对文学颇有独特见解。他谈吐幽默,总能把原本枯燥无味的化学公式变得生动有趣。

卢老师微笑着走上了讲台,说:"同学们,不要紧张,我可不是来给你们补化学课的!是你们的班主任李老师今天出去学习了,我临时代他开一堂班会课,你们不介意吧?"

"不介意!"同学们回答得异口同声,他们当然不介意了,因为大家都特别喜欢卢老师的课。

卢老师又问:"你们感觉累吗?"

同学们拖着长腔回答:"累——"

卢老师笑了,用商量的语气问:"那今天咱做个小游戏放松一下,怎么样?"

"好!"同学们的眼中充满了期待。

"那今天,我就让你们发挥特长,每个人——"卢老师说到这突然顿住了,因为下面有两位同学的声音大到都盖过他了,不过他并未生气,把手一摆,问道:"来!你俩有啥开心的事?给大家分享一下呗。"

那两位同学就坐在中方前面一排,男的是全班公认最帅的叫刘青,女的是全班最不漂亮的叫孔蓉。他俩哪天要是不吵架,同学们都会觉得有点不习惯。而且,他俩都是高材生,文学功底不薄,所以吵起架来文绉绉的、酸溜溜的。

孔蓉"噌"地一下站了起来,委屈地说:"老师,我写了首词,可是刘青他对号入座,非说是写他的!你说气人不?"

卢老师一听,饶有兴趣地说:"嘿!你还会写词呢,念来听听呗。"

孔蓉狠狠地瞪了刘青一眼,然后深情地吟起来:

昨夜校园漫步,

偶遇青蛙装酷,

呕吐!呕吐!

只能拿头撞树!

话音刚落,同学们便哈哈大笑,卢老师也忍俊不禁。

刘青无奈地捶了捶自己的脑袋,也站了起来,说:"老师,我也作了一首词。"

卢老师点点头,说:"好啊,那你也念来听听!"

刘青看了看孔蓉,嘴角扬起得意的微笑:

昨夜球场摆酷,

忽闻恐龙撞树,

恐怖! 恐怖!

可怜那棵小树!

同学们笑得前俯后仰。

孔蓉气得不行,指着刘青半天也说不出话来,最后哼了一声,噘着嘴坐下了。

卢老师拍了拍手,说:"佩服佩服! 艺术班的学生就是不一样啊! 吵架都这么文艺范,真是人才啊! 好! 那咱接着说咱刚才的游戏吧,游戏规则是每个人在黑板上画一种鸟,要求两只鸟之间要首尾相接,围成一个圆圈,圆圈画满为止,谁先来?"

一些自告奋勇的同学陆续在黑板上展示了自己的画功,很快一个大大的圆圈就快画满了。

中方无精打采地趴在桌子上,他隐约感觉这游戏也许和自己会有某种关系。

果然,卢老师喊到了自己的名字:"张中方! 别的同学都积极,你怎么打起瞌睡来了? 来! 你也上来画一只!"

中方有些不情愿地站了起来,慢慢地走到讲台上,拿起粉笔,在圆圈的最后一块空白处画了一只乌鸦,有的同学忍不住偷笑,这不是自黑吗?

画完了,中方回到了座位上坐了下来。

"好! 整个圆圈画满了,画得挺不错,都快赶上我了!"卢老师幽默地说。

"咦——"

"别咦! 有本事你们谁能听得见这些鸟儿在说啥,谁听得到?"

同学们不知卢老师葫芦里卖的什么药,全都摇头表示没听到。

平时就喜欢出风头的高进同学来了一句:"那你能听到吗?"

卢老师似乎就等着有人问这句,得意地说:"当然咯,因为我离得近嘛,所以全听见了。你们想不想知道它们在说什么啊?"

"想!"同学们都竖直了耳朵。

卢老师指着黑板上的鸟儿对同学们说:"听好咯! 先从这燕子说起,

燕子说黄雀,你真懒,坐等螳螂捕蝉、不劳而获。

黄雀说鹦鹉,你最没有主见,就知道跟人学舌。

鹦鹉说喜鹊,你最会奉承人,只报喜不报忧。

喜鹊说大雁,你是怕冷的懦夫,天还没冷就往南飞。

大雁说母鸡,你最惨!人类不是杀你取卵,就是杀你给猴看。

母鸡说孔雀,你爱慕虚荣,徒有一身美丽的衣裳。

孔雀说天鹅,你好高骛远,有本事你睡觉也在天上。

天鹅说乌鸦,你以为自己穿上黑礼服就是贵族了!

问题来了,大家猜一猜,乌鸦会说什么?"

同学们都听呆了,傻乎乎地摇摇头。眼神里充满了期待,期待的卢老师揭晓答案。

卢老师不慌不忙地说:"按照正常思维呢,乌鸦也许会笑话燕子和它一样黑,只不过比自己多个白肚兜而已。可是乌鸦并未如此,它,对所有鸟儿说,我知道自己最不受待见,是倒霉的扫把星,是不吉利的代名词,但那都是你们对我的偏见,你们只看到了肤浅的表面,有本事你们哪只鸟站出来,跟我比一比谁更有孝心,**就连李时珍都在《本草纲目》里夸我说,此鸟初生,母哺六十日,长则反哺六十日。**试问你们谁能做到?所有鸟都哑口无言了。"

同学们被卢老师的机智和幽默折服了,要知道,这可是没有彩排过的,完全是现场发挥啊,卢老师驾驭语言的能力真是出神入化啊!教室里响起了热烈的掌声。

中方热泪盈眶,他心里明白,明白老师的用心良苦。

卢老师接着说:"这个游戏告诉我们什么道理呢?相信每个人都有自己的领悟,我是这么理解的,不要因为别人几句肤浅的评价而去斤斤计较,做自己!走自己的路,让别人说去吧!善意的话咱就听着,恶意的话就全当是鸟语。"

又是一阵热烈的掌声。

中方觉得,黑板真是个神奇的东西,因为,它除了传授我们知识外,还有很多很多……

十四　完美的陷阱

　　一张画纸,一旦撕碎了,无论你再怎么拼凑,它都会有裂痕,正如人与人之间的关系。

　　自从那堂班会以后,表面上看,中方和王轲已经冰释前嫌了,但谁知道他们心里到底怎么想呢。或许,这也为日后更大的隐患埋下了伏笔,因为只要中方和陈瑜的关系不断,王轲的嫉妒和仇视就不会终止,甚至会与日俱增,慢慢发酵。

　　在二〇〇四年的时候,手机,对于一个小县城的中学生来说算得上是奢侈品了。相对而言,课外书对学生来说,作为打发时间的娱乐工具,就比比皆是了,尤其是美术班的学生,有着得天独厚的条件,画板是偷读课外书的天然屏障。假如把画室里的课外书都汇集到一块儿,那足以办一个小型阅览室了,武侠、言情、惊悚、悬疑、科幻,五花八门,反正只要是跟学习无关的,应有尽有!

　　美术班的教室和画室分布在两座楼上,目的是让画室远离文化课教学楼,清静一些。

　　中方所在班级的画室在三楼最边上一间。

　　那天,最后一节自习课,中方正在画一幅素描。坐在一旁的高进问王轲:"听说你那里有本《八仙过海》?"

　　王轲鄙夷地瞟了他一眼,说:"咦——啥玩意呀,没文化真要命!**那写的是八仙过海的故事,但不叫《八仙过海》,叫《东游记》!**"

　　"那,好看不?"高进小声地问。

　　"废话!当然好看喽!我都不敢带到画室来,怕看上瘾。"王轲一本正经的表情,让人很难不相信。

中方随口来了句:"啥时借给我看看呗?"

王轲想了想,说:"你真想看?"

中方一脸天真地说:"对啊!"

高进急了:"诶?有没有先来后到啊?明明是我先说的好么?"

王轲不耐烦地对他说:"你死一边儿去,我得先给中方看,不然他会跟陈瑜说我小气的,对不?中方。"

中方连连点头说:"对对对!"

王轲眼神里闪过一丝诡异,只不过中方并没有发现,王轲从口袋里掏出一把钥匙,递给了中方,说:"放学后你自己去教室拿吧!就在我课桌里放着。"

中方接过钥匙,生怕王轲反悔,忙说:"好啊好啊!谢谢咯!"

王轲似乎突然想起了什么,说:"对了,你顺便帮我把手机拿一下吧,就和书放一起的。我今晚到'一往情深'上网去,等会你帮我送过来,行不?"

中方犹豫了一下,但最终还是点头答应了。

放学后,按照王轲说的,中方去教室拿了书和手机后,走出了校门,借着路灯那并不明亮的光,他迫不及待地翻开了手中的书,一边走一边读着,等他走到网吧时,已经读到第四页了。

可是,中方在网吧楼上楼下找遍了,也没发现王轲的影子。

他心想,可能是王轲临时有事吧,先看着书等他一会再说!于是,中方索性找了个空位子坐了下来。可是,等了很久,王轲却迟迟没有出现。到了后半夜,中方困得眼皮打起架来,迷迷糊糊地就睡着了。

等中方再度醒来的时候,天已大亮。中方慌了,因为他知道,这个点别说是早操了,估计连早自习都上到一半了,于是他撒腿就往学校跑去,慌忙中,那本书掉到了地上,他却全然不知。

果不其然,还没走到学校呢,中方就听到了此起彼伏的读书声。他自责地捶了捶自己脑袋,唉!都怪自己要看那本书,这下可好,迟到了吧。诶?不对啊!书呢?中方浑身上下一摸,遭了!书弄丢了!唉!也管不了那么多了,先上完早自习再说吧!

事实上,问题远比中方想得更复杂更棘手。不知道是跑得太急了,还是那天早上有雾,中方觉得胸口闷得慌,他默默祈祷,祈祷老师千万别在教室里。

事实再次证明:你越是怕什么,就越来什么。

中方走进教室的那一瞬间,就感觉出气氛明显异于平常,因为教室里不仅有班主任在,竟然还有校保卫科的科长。鸦雀无声的教室里,所有人的目光像利剑一样齐刷刷地射向了中方身上,让中方不寒而栗。

保卫科长看了看教室里唯一一个空位子,又看了看中方,问:"你就是张中方?"

中方胆怯地点了点头,说:"嗯,是。"

"知道犯什么错了不?"

中方低着头说:"知道,迟到了。"

"还有呢?"

中方想了想,回答说:"还有,昨晚没回宿舍睡觉。"

"去哪了?"

"网吧。"

"还去哪里了?"

"就一直待在网吧啊!"

"揣着明白装糊涂啊!难道你没溜进教室吗?"

中方恍然大悟,"哦,对!也来了。"

"那你怎么瞒着不说?"

"忘了。"

科长冷笑了一声,说:"忘了?我问你,你来教室干什么的?"

"我借王轲的书看的,但他的书放在教室里,我就来教室拿了啊。"

"除了书,还拿了什么?"

"手机,但那是王轲让我帮他拿的啊!钥匙也是他给我的,不信你问他。"中方指着王轲跟保卫科长说。

保卫科长的目光转向了王轲:"王轲,怎么回事?"

王轲一脸无辜地站了起来,说:"我不知道啊?我根本就没让他拿东西啊,更不可能给他钥匙啊!"边说着他还掏出钥匙晃了晃,"这不是吗?钥匙在我这里呢!"

钥匙发出清脆的响声,此时却是那么的刺耳!

王轲接着说:"今天早上我来到教室后,就发现手机和书都不见了,听别人说,昨晚放学后看见张中方往教室这边来的。"

科长点了点头,然后问中方:"你还有什么好说的?"

这突如其来的变故让中方百口莫辩,他哪里知道这一开始就是个局,是王轲精心布下的局,只能怪他太单纯,低估了王轲的狡诈。事已至此,中方跳进黄河也洗不清了,他跟着保卫科长去了办公室。

由于中方平时表现不错,加上班主任讲情,学校才同意不开除他的学籍。

临近下课时,在学校后门口的苍源河边上,班主任深感遗憾地对中方说:"唉!我不知道你们这里面到底是什么情况,不过关于你俩和音乐班那小姑娘的关系,我也有所耳闻,我知道你是一个不错的学生,这个事儿我还会仔细调查的,不过,在这个节骨眼上,只会越抹越黑。我倒有个建议,你暂时先去临沂的美术培训机构学习一段时间专业课,过些日子再回来,你觉得怎么样?"

中方很明白,班主任已经尽了最大努力来为他争取了,不然的话,自己早已经被开除了,他实在不知怎么表达心中的感激,眼里噙满了泪水,使劲地点了点头。

告别了班主任,中方失魂落魄地推着自行车向妈妈摆摊的商场走去,他不知道该怎么跟妈妈说。

在商场一个拐角的墙后,中方停下了脚步,偷偷探头看了看不远处妈妈忙碌的身影,想到妈妈为了自己,起早贪黑、省吃俭用,中方心如刀绞。他真不忍心再给这个善良又无辜的女人增加任何负担了,因为她已经付出了太多太多。

经过了好一阵激烈的思想斗争以后,中方最后决定:为了不让妈妈担心,撒个善意的谎吧。

拐过弯,中方向妈妈的煎饼摊那边走去。

妈妈也是刚来到商场出摊,正忙得不亦乐乎。她无意中瞅见儿子来了,本来也没太在意的,但等中方走近了后,她发现儿子今天似乎闷闷不乐,还有点魂不守舍,于是,她停下了手中的活,关切地问:"怎的?出啥事儿了?眼咋红了呢?"

中方努力掩饰着,回答说:"风刮的。"

妈妈看着还未散尽的晨雾,风息都没有,再看看儿子空洞的眼神,也就没再追问下去,她在心里揣测着儿子能有什么事。

沉默了一会,中方终于又开口了:"妈……"

"啊?你说。"

中方咬了咬嘴唇,把自己在脑子里酝酿了好几遍的话说了出来:"俺老师建议我到临沂去学习一段时间专业课,因为我的文化课没什么问题,如果想考上好一点的院校,专业课还得,还得……"

妈妈笑着说:"我就知道你有事儿,你说你也真是的,要有啥事儿你就说出来嘛!别憋在心里,咱家就你一个小孩,我拼命劳力地干活,不就为了你吗?对了,那,得花多少钱?"

中方吞吞吐吐地说:"估计得两千吧。"

妈妈想了想,说:"行!反正是正使正用,那你啥时要啊?"

中方低着头说:"我想今天就出发。"

妈妈皱起了眉头,说:"啊?今天就走啊!也太突然了吧。呃,好吧,那你在摊子上等着,我回去给你拿钱。"

中方点点头答应着,妈妈便骑着中方的自行车回住处了。

此刻的常林商城还是空荡荡的,因为这个时间点,大多数店铺都还没有开门。

见妈妈走远了,中方再也抑制不住眼中的泪水,刹那间喷涌而出。他恨自己不争气,就如他爹说的一样,烂泥扶不上墙,而妈妈的善良和慈爱,更像针尖一样刺痛着他内心最柔软的地方。

正当中方沉浸在深深的自责中时,身后突然传来了那个熟悉的声音:"我就知道你在这里!"

中方赶忙用袖子擦掉了眼泪,回头一看,是的,站在他身后的就是他此刻最怕见也最想见的那个人。真是好事不出门,坏事传千里啊!中方不知道如何解释才好,想了半天才说:"我是被冤……"

"嘘——"陈瑜食指竖在嘴边,示意中方小点声,"我知道!我若是听信了别人口中的你,而改变了对你的看法,那我就不会出现在这里了。"

中方指着摊子说:"这其实是……"

"这我也知道,其实就是你家的生意,我还经常来吃呢,只不过是错开了你在的时候,就因为怕你小心眼,会不高兴。"

陈瑜的几句话,说得中方无地自容,他把旁边一个马扎向陈瑜脚边挪了挪,说:"坐会儿吧。"

陈瑜倒是也不见外,坐了下来,她这才注意到中方的妈妈不在,便问:"阿姨哪去了?"

中方红着脸,支支吾吾地说:"我骗她说老师让我到外地学专业课,她回家给我拿钱去了。"

陈瑜点了点头,没再说什么,两人陷入了沉默。

沉默了好一会后,两人几乎异口同声地说:"其实——"

中方尴尬地笑了笑,说:"你先说吧!"

"其实,你应该感到很幸福才对。人生的路上,难免遭遇阴影,但你别怕它,前面有阴影,说明你身后有阳光。阿姨不就是你身后的阳光吗?你多幸运呀!能和自己的亲生父母在一块儿。"

说着说着陈瑜的眼眶有些湿润了。

中方惊讶地问:"难道你不是?"

陈瑜叹了口气说:"对!我一直没跟你讲,其实我是被人贩子拐卖到现在这个家的。那时候的我太小了,只能模糊地记得人贩子把我抱走的那个地方,有一望无际的水,有古代的房子,还有就是人们经常会提到莲,我想那应该是莲花吧,那肯定是一个很美的地方,我真希望在有生之年能找到那个地方,与亲生父母团聚。"

中方看着满脸伤感的陈瑜,不知如何安慰她。

正在这时,回家拿钱的妈妈也回来了,她远远地看见陈瑜也在摊子上,便掩饰不住内心的喜悦,说:"哎哟!丫头,你也过来啦?"

"嗯!阿姨,你回来啦,我听说中方要上外边学习,就送来个旧手机给他用。"说着陈瑜掏出一部深蓝色的翻盖手机递向中方。

面对陈瑜这突如其来的举动,中方有点手足无措。

妈妈一边把手机推了回去一边说:"这可不行!这又不是十块八块的,太贵了,咋能送给他呢?"

"您看俺姨说的,难得他不嫌乎是旧的就行!"说着陈瑜再次把手机递向中方。

见陈瑜是真心实意要给的,妈妈便说:"那这么着吧,反正你也是花钱买的,我给你几百块钱,就当——"

"就当什么呀? 姨,你要这么说,就太见外了。这样吧,等将来中方赚大钱了,加倍还给我!"

陈瑜笑着用食指戳了戳中方的额头,"听着了么你!"

中方傻傻地点了点头,"嗯!"他紧紧地攥着手机,感觉心里暖暖的。

陈瑜理了理头发,说:"那就这样,我先走了。"

妈妈赶忙拉住了陈瑜的胳膊,挽留她说:"丫头啊,等下我摊个菜煎饼给你吃了再走呗?"

"不用了,姨,我还有事呢!这样吧,我明天过来吃。"

妈妈只好松开了手,依依不舍地说:"那你明天可真的来吭。"

"嗯! 一定来!"说完陈瑜转身走了。

看着陈瑜离去的身影,中方在心底暗暗发誓:以后一定要对这个女孩子好!还要帮她找到亲生父母!

妈妈左右看了看,见周围没什么人,便小心翼翼地从怀里掏出一个自己缝的小布袋塞给中方,嘴上叮嘱着:"这里头是三千,就是钱有点零碎,要不,等下信用社开了门去换成整的?"

中方直摇头,说:"不用换! 不用换!"

"出门在外,注意安全! 钱,该花的地方就花,别疼得慌! 知道不?"

中方握着还带着体温的鼓鼓的布袋,连连点头。他再次控制不住眼中那股热流,但又怕妈妈看到,于是他假装咳嗽,把脸转向一侧,借机用手把眼泪偷偷拭掉了。

其实还是被妈妈看到了,她刚想说什么,就听后面有人喊:"喂! 高姐啊,帮我摊个煎饼,还是老样子吭!"

"好嘞!"

十五　意外的重逢

一只苍蝇落在哪里不容易被发现呢?

答案是一群苍蝇里。

一个坏学生待在哪里才不会显得突出呢?

答案是第七艺术培训学校。

说是学校,其实只不过是租了一层破旧的楼当做画室的美术培训机构。

在其中一间画室里,一位留着长发的男青年站在很多新来参观的学生中间问:"有哪位同学知道咱学校名字的含义吗?"

绝大多数人都摇摇头,表示不知道。这时有位男生冒出一句:"是不是跟旁边的临沂七中有关系呀?"

男青年摆摆手说:"不不不!咱学校跟七中可没半点关系,第七艺术这个概念出自意大利的艺术先驱卡努杜,他认为在建筑、音乐、绘画、雕塑、诗和舞蹈六种基本艺术中,建筑和音乐是主要的,绘画和雕塑都只是对建筑的补充,诗和舞蹈则融于音乐之中,然而,有一种艺术却把这所有元素都加以综合,这就是电影,于是就有了第七艺术的说法。咱们学校呢,就是专门针对跟电影有关的报考专业,进行重点培训。常年跟电影学院、戏剧学院对接,当然咯,像是冯导啊张导啊这些知名人物跟咱学校的关系也老好了,说不准哪天就会来咱学校考察噢。你们可以幻想一下,在不久的将来,大银幕上写着你的名字,那将是何等的荣耀啊!"

新生们被吹得晕晕乎乎,如痴如醉,是的,最终让人陷进去的,往往都会有一个美好的开端。

"二十年前,说下海能赚大钱的人,被认为是骗子。十年前,说买保险能在遇到困境时帮到大家的人,也被认为是骗子。今天,我站在这里说,只要你们选择第七艺术,绝对能考上名牌大学,肯定也会被认为是骗子。"

"哈哈哈。"

"看!你们都笑了吧,可大量事实证明,那些曾说别人是骗子的人,生活质量一天不如一天,而那些所谓的骗子,却走向了成功,成为了时代的标志。其实,每一次机遇的到来,都会成就一小部分人。记住!比努力更重要的是选择!读万卷书不如行万里路,行万里路不如阅人无数,阅人无数不如名师指路,社会发展趋势无法阻挡,但选择一个怎样的未来,全掌握在你们自己手中!"

画室里响起了热烈的掌声,同学们听得热血沸腾,仿佛已经拿到了录取通知书似的。

见同学们如此兴奋,男青年趁热打铁接着说:"咱们学校呢,根据每个学生专业水平都参差不齐的现状,分为四个画室,不同的水平阶段会在不同的画室学习,我们现在所处的画室是用来免费试学的过渡画室,目的就是让大家先了解和体验一下咱学校的氛围。假如你们真正热爱艺术,真正想考入一流的艺术院校,那就选择我们第七艺术吧,要报名的同学请到楼梯口的办公室交学费。抓住机遇不要拖到明天!否则,你很有可能跟改变命运的机会失之交臂!"

听完了讲师的演说,中方和大多数同学一样,在报名的办公室报了名,并交了三个月的学费一千五百元,正式成为了第七艺术培训学校的一员。

起初,中方还觉得能进这里学习挺自豪的,可是一段时间以后,他才发现真实情况和之前讲师所描述的相距甚远。

辅导老师只动嘴说说,几乎没有亲手示范过。画室里,打情骂俏的、吵架睡觉的、干什么的都有,而老师却视而不见,置之不理,完全没有一点学习的氛围。一位来得较早的同学告诉中方,这里根本就是坏学生的集中营,来这里的不是被原先学校处理过的,就是一些不思上进、贪图玩乐的,反倒是中方的认真显得有点不合群。

终于,在报名半个月后,中方再也忍不下去了,鼓足勇气来到了办公室。

这个并不大的办公室兼具了好多功能:报名处、交费处、后勤处、接待处、办公室中间放着一个古香古色的博古架,简单地将空间一分为二,博古架上错落有致地摆放着一些图案精美的笔筒,每个笔筒里都放着几支从未用过的笔,营造出几分文人气息。校长此时正在爱不释手地摆弄着其中一个笔筒。

中方壮着胆子走上前去,说:"校长,我想退学。"

校长眼皮都没翻,说:"啥?我没听清。"

中方又说了一遍:"校长,我想退学。"

"退学?哦,那你走就是了!"

中方低着头,尴尬地捻着小褂的衣角,说:"可是我交了三个月的学费,现在才只学了半个月。"

校长把手中的笔筒重重地放在了桌子上,生气地说:"那你就学完再走!"

中方结结巴巴地说:"可……可……可是,我觉得这……这里学习气氛不行,总……总是静不下心来。"

校长冷笑了一声,说:"古人云,架桥者,眼无江湖,心中有岸,你自己静不下心,咋还怪起学校来了?真是笑话!不过也难怪,据我了解,你也不是什么好学生,在先前的学校犯错了是吧?就你们那点黑历史,我都打听得一清二楚,自己脚歪还怨鞋不正!"

"可那和退学是两码事啊?"中方据理力争。

"两码事?可我能把它们变成一码事,你信吗?"

"什么意思啊?我不明白。"

校长不怀好意地冲中方笑了笑,然后指着博古架说:"我这套笔筒可是玉雕,价值连城,你可听过黄金有价玉无价的说法吗?"

中方纳闷地问:"可这跟我有什么关系呢?"

校长得意地说:"别急呀,小朋友,听我说,我这一套笔筒十二个,上面分别标着苏州十二娘,本来是跟你没有关系,但是,假如少了一个,那不就和你有关系了吗?"

说着,校长走到博古架前。"让我来看看,少哪个好呢?琴娘?扇娘?船娘?花娘?茶娘?**呃,得了,咱这边是教画画的,那就少个画娘吧!没错!回头我就报案说我的画娘笔筒不见了**,就你来过,肯定是你偷的,你猜,警察是相信一位德艺双馨的校长呢,还是相信一个有前科的学生呢?"

中方万万没想到,面前这位道貌岸然的校长,竟然暗藏一颗如此卑鄙的心。他愤怒地瞪着校长。

"怎么?还不服气呀?信不信我把你那点丑事给印成传单,发到你们村?让它家喻户晓。"校长的语气中充满了威胁。

中方气得泪眼汪汪,说不出话来。

就在这时,办公室有人进来了,两个大人和一个孩子,看样子应该是父母陪孩子来报名学习的。

狡猾善变的校长见状立即收起了他刚才那副无耻的嘴脸,满脸堆着笑迎上前去,像熟人一样,问:"过来啦?坐一下吧。"

一家三口看看校长,又看看中方,有点不知所措。

校长赶忙解释说:"噢,是这样的,这位学生,他生活中遇到点困难来找我帮忙解决的,说实在的,我都把学生们当做自己的孩子,有难必帮!有求必应!这不,你看他都感动哭了。"边说着,校长转过脸,用威胁的眼神暗示中方配合他。

中方却并不买账,哽咽着说:"不是这样的!"

校长怒目圆睁,从牙缝里挤出一个字:"唔?!"

"我明明是来找你退学费的,你为啥要骗他们啊?"

见自己的谎言被揭穿了,校长恶狠狠地说:"你是不是忘了我刚才说给你说的话了?"

没想到,中方点点头,说:"嗯!忘了!但没关系。"说着中方从口袋里掏出了陈瑜送他的那部手机,"我都给录下来了。"

校长一听,脸色大变,也顾不上那一家三口了,他一步一步向中方逼近,然后猛地伸手去抢中方的手机,中方感觉事情不妙,身子一闪,拔腿就向门外跑。

校长扑了个空,惊慌失措地追出了门外,大声地喊:"保安!抓贼啊!快!抓住他!"

等学校仅有的两个保安反应过来,中方早已跑到一楼了。

中方记得,好像不远处就有一个派出所,于是他按照模糊的印象,向那边跑去,头也不敢回,因为他知道,只有自己先到了派出所,才能把事情的来龙去脉说清楚。

尽管两个保安是业余的,但是他们人高马大,很快就追赶了上来,他们一边追一边在后面大声地喊着:"抓住他!抓住他!"

听声音,中方感觉他们就在自己身后不远了,他有点慌了,他担心万一有不明真相的路人帮倒忙,把自己给截住了,那可真就跳进黄河也洗不清了。也不知是哪里来的智慧,突然,他灵机一动,也大声喊起来:"救命啊!杀人啦!帮忙报警啊!杀人啦!"

这招果然奏效,本来有几位过路的行人打算阻拦,但听中方这么一喊,怕弄巧成拙便又放弃了,等中方跑进派出所时,已筋疲力尽。他上气不接下气地瘫坐在了地板上。

一位民警连忙上前询问是什么情况,中方举起手机递向民警,说:"证据在这里,救我啊!"

保安和校长也先后抵达了派出所,中方指着校长,对民警说:"他!我告他诬陷诽谤!"

校长假装镇定地走了过来,很不自然地笑着对民警说:"警察同志啊!你可千万别相信他,他是贼,有前科,狡猾着呢!我告他盗窃!"

"不好意思!"民警指着地上的中方,对校长说,"是他先报的警,你现在的身份是嫌疑人。"

校长一听不乐意了,说:"你说什么?我是嫌疑人?笑话!你这是颠倒是非!颠倒黑白!你知道吗?"

民警晃了晃手中的手机,心平气和地说:"是非黑白,我们靠证据说话!"

校长当然清楚手机里的内容意味着什么,马上又改怒为笑,然后掏出一盒中华香烟抽出一根递向民警,脸上露出谄媚的笑。

民警谢绝了他的香烟。

套近乎没有成功,校长仍不死心,他凑近民警,小声说:"其实,我跟你们领导都认识,这点小事属于我们学校内部的误会,我们回去自行处理就行了,不用浪费警力资源。"

就在这时,从里面走过来一为精神矍铄的老警察,他打量了校长一下,说:"我就是这里的领导,怎么不记得认识你啊?这么跟你说,来这之前,它或许是你们内部的私事,但到了这里,它就是一个案件,请你尊重法律!"

听了老警察的话,校长如同秋后被霜打过的茄子一样,蔫了。

经过派出所的处理,最后第七艺术培训学校退还一千两百块钱给中方,并且往后不得干涉中方的生活和学习。

离开了派出所,中方漫无目的地在马路上逛悠着。

不知走了多久,中方发现前面人越来越多,他在一个小卖铺买矿泉水时问卖水的老人:"大爷,这是啥地方啊?咋这么热闹。"

老人笑呵呵地说:"这就是临沂人民广场啊,它可是咱山东省最大的广场呢!"

"噢!"中方点点头,然后向广场走去。

走进广场,中方真是大开眼界:广场特别宽阔,四周环绕着高楼大厦,正中间有个玻璃建筑,是零公里标志,上面标刻着临沂距各大城市的距离。标志东边,一座高耸入云的红色雕塑十分醒目,大气而壮观!红色象征着临沂老区的光荣革命传统,挺拔的直线和灵动的曲线分别代表蒙山的阳刚和沂水的柔美。零公里标志向西,则是两处大型喷泉,它们喷珠吐玉的同时,还配着一首首美妙的乐曲。再往西,九根巍峨矗立的浮雕石柱呈弧形分布,默默地讲述着临沂悠久

的历史。再往外,是一个更大的弧形建筑,双层鹊桥文化长廊。广场北侧,十座端庄凝重的人物石雕,让中方知道原来临沂的历史名人除了有王羲之,还有曾子、荀子、匡衡、诸葛亮、颜真卿、左宝贵等等。此外,广场上还有一个巨大的电子屏幕,上面滚动播出的内容连接着老区和与外界,也连接着过去与未来。离屏幕不远,正进行着一场演出,人们身穿革命年代的衣服,手舞足蹈。

广场上,一群群和平鸽飞走又飞回,中方从没见过这么多鸽子,他尽情地享受着广场给他带来的惊喜和快乐。广场的下面,不但有公路穿地而过,还聚集着各种店铺,真是太神奇了!

不知不觉地,夜幕已悄悄降临,广场上灯光璀璨,如梦如幻。

中方发现很多人都在向广场西侧的舞台聚拢,于是他也随人流一起,凑近了一看究竟。只见舞台上几位衣着光鲜的姑娘刚跳完一支舞,正在退场。

这时,穿着一身白西装的男主持人从一侧走到了舞台中央,他笑容可掬地说:"欣赏完精彩的舞蹈,下面有请咱临沂最炙手可热的艺人毕越!"

毕越?中方脑子一震,不会吧?肯定只是巧合而已。

"他高中还未毕业,就已才华横溢,上过省内多档综艺节目,今天我们有幸请到了他,接下来,他将为大家带来一首民国风情的《月圆花好》!"

掌声中,毕越穿着华丽高贵的旗袍走上了舞台,美不胜收,别致的发髻和那精美的头饰俨然像从电影里老上海滩的夜总会走出来的一样,再配上那迷幻醉人的舞台灯光,真是绝了。

中方使劲往前挤,最终挤到了最前排。

音乐响起,演唱者朱唇轻启,唱了起来:

"浮云散,

明月照人来。

团圆美满,

今朝最。

清浅池塘,

鸳鸯戏水。

红裳翠盖,

并蒂莲开。

双双对对,

恩恩爱爱。

这软风儿,

向着好花吹。

柔情蜜意,

满人间。"

假如不是中方细心,发现台上的演唱者嘴角有一颗熟悉小痣,他还以为这美妙的歌声真是出自女人呢! 不! 简直比女人还女人!

一曲唱罢,掌声比先前更热烈了。

毕越表演得很投入,所以他根本没注意到台下的中方,唱完便从舞台左侧下去了。刚走下舞台,便被热情的粉丝们众星拱月地围了起来,有送花的,有要签名的,有想合影的,而毕越呢,也是尽可能地满足他们。中方则站在后面静静地看着。

粉丝们在要求得到满足后,渐渐地散去。毕越一抬头,无意间瞥见了中方,他愣住了。

彼此这么对视了几秒钟后,两人异口同声地说:"真是你吗?"

接着两人都笑了。

毕越有点不敢相信,惊喜地说:"这么巧!"

"冤家路窄呗!"

毕越嘴一撇,指着中方调侃说:"说吧,你是要签名啊,还是要合影啊?"

中方无奈地摇头笑着说:"我要你,今夜陪我,哈哈!"

毕越走过来,拍了拍中方的肩膀,说:"好! 今夜陪你一醉方休! 咱好像从初中毕业说再见以后,就再也没见吧?"

"是啊! 真没想到才两年没见,你竟摇身一变成名人了,你可真有本事!"中方毫不掩饰内心的崇拜。

"说来也很偶然,因为我从小就热爱音乐,所以升入高中后不久,我就报了音乐班。去年年底吧,我参加了省电视台一档选秀节目,不曾想,一不小心还出了点小名,所以经常会有一些商演来找我,在不影响上课的情况下,我一般都会答应。"说完毕越俏皮地朝中方眨眨眼睛,做了个鬼脸。

"行啊你!真希望你使劲红,你要是红了,那我的回忆录可就值钱咯!哈哈哈……"

毕越指着中方的额头说:"少做梦了!到时候我会当众声明本人不认识你,省得你把我那点糗事都全盘托出了。诶,对了,听说你进美术班了?"

中方摇头叹气地说:"唉!别提了,一言难尽啊!"

"既然如此,那咱兄弟俩就找个地儿吃着烧烤,听你把难言之隐一吐为快呗!"

"那到底是吃啊,还是吐啊?"

毕越瞟了中方一眼,说:"贫嘴是不!信不信我把你的嘴给缝上,让你吃不进、吐不出?"

"信信信!您现在可是名人,我怎么敢不信?"

"瞧瞧你这德性,一寸的照片!"

"咋讲?"

"小样!"

"好啊你!看我不打扁你!"说着中方举起了拳头,做出假装要打的动作。

"好啦!别闹!"

"哈哈哈……"

半小时后,离人民广场不远的烧烤摊上,烟雾缭绕。

听了中方讲完自己的遭遇后,毕越竟轻描淡写地说:"我还以为多大点事呢。"

中方瞪大了眼睛,说:"您的心可真大,这还不算大事儿呢?"

毕越不慌不忙地喝了口啤酒,摆出一副资深专家的样子,说:"你得想得开,这么说吧,今天再大的事儿,到了明天它也只是小事儿,今年再大的事,到了明年它也不过就是个故事,而你呢,顶多就是个有故事的人,哥!我说的对不?"

中方连忙点头说:"对!"

"所以啊,啥事都看淡一点。这人生,就像地里的蒲公英,你看着它挺自由似的到处飞,其实它身不由己啊!哥!对不?"

"对!"

"还有就是你别太在意别人的议论,这议论就如同你的影子,你越是高大,影子就越长,对不?"

"对! 可如果当初我——"

毕越打断了中方的话,说:"人生没有如果! 因为人生它全程都是直播,只有后果和结果! 这样吧,哥,你专业课学习的事儿就包在我身上了。不就是钱嘛,钱,现在对我来说不是问题,问题是,是你怎么报答我呢?"

中方都感动得不行了,却还没忘了贫嘴,他站了起来,隔着桌子向前倾着身子,挑逗地用食指勾起毕越下巴,调侃说:"待你长发及腰,哥娶你可好?"

毕越一听,笑得忍不住了,刚喝进嘴里的啤酒一股脑儿全喷到了中方的脸上。

中方无奈地用手抹了一把脸,好不容易才睁开眼,感慨地说:"至于这么激动吗?"

"激动? 滚吧你! 少自作多情了,想娶我啊? 门都没有,除非——"

中方好奇地问:"除非什么?"

"除非你把长城贴满瓷砖,把赤道镶上金边,把太平洋围上栏杆,把珠峰装上电梯间! 哈哈哈!"

说着毕越自己都乐得不行了。

中方都听晕了,说:"哇! 你说的这些工程也太大了吧?"

"哈哈,嫌大是吧。没问题,小工程也行啊,听好咯,给你们村里的每只蚊子配上口罩,给每只苍蝇戴上手套,给每只老鼠栓上脚镣,给每只蟑螂喂下避孕药! 哈哈哈……"

……

十六　飘走的愿望

二〇〇五年夏天,高考完了以后,中方就待在家里等着录取通知书。可是由于中方填报的志愿太高,他,落榜了,最后只收到一所成人教育学校的通知书。

父亲一脸鄙夷地看着桌子上的通知书,说:"你别看俺文化程度低,俺也知道,通知书这玩意儿,就像出去打工时买的火车票,清华、北大呢,那相当于软卧,本科相当于硬卧,专科就是硬座,而你这个成人教育,说白了就是张站票!"

中方心想,没座总比没票好,但他没敢说出来。父亲的话灼伤了他的心,也难怪,全家的希望都寄托在他身上,可如今自己却考成了这么个结果。

那个闷热的夏天啊,家境的窘迫、高考的失意、父亲的埋怨、妈妈的伤心,条条苦水汇成波涛汹涌的痛苦汪洋,中方就在这汪洋里奋力挣扎着。

终于,在一个月朗星稀的夜里,中方收拾了一包简单的行李,咬了咬牙,狠着心把所有的压力留给了妈妈,悄悄地离开了这个熟悉的家。他也不知道该去哪里,他只是想尽快逃离这个家,去个没人认识自己的地方。

路过姥姥家的小院时,中方停下了脚步。他这才注意到,不知何时,曾经高大的土院墙已变得低矮了。他深深地吸了口气,想最后一次感受这熟悉的味道,他怕以后没机会了,因为他不知道何时才能回来,也许就不回来了。

借着月光,中方看着院里的一草一木,他努力想把这里的一切都装进眼里,镌刻在心上,两行暖暖的液体顺着他脸庞缓缓地滑下。

尽管中方已经很小心翼翼了,但就在他转身离去的那一刹那,还是惊醒了墙头葫芦花上一只熟睡的蝴蝶,蝴蝶惊慌失措地扑闪扑闪翅膀,仓皇地飞向了夜色深处。

离开了姥姥的小院后,中方又去了抱子沟。

坐在大柳树下的巨石上,中方想到了妈妈将要承受的痛苦和压力,泪如雨下。

蚊子在中方身上酣畅淋漓地肆意吮吸,他却丝毫感觉不到,此时他心中只有深深的自责,那自责像匕首,像暗箭,像慢性毒药,千回百转却偏偏不致命。

蛙声此起彼伏,萤火虫拎着小灯笼走走停停。

东方渐白的时候,神奇的事情发生了,中方眼睁睁地看着眼前一个个牵牛花骨朵慢慢地绽放了,紫莹莹的花镶着雪边,美得妙不可言。

而现实并不像花儿那么乐观,中方觉得自己犹如一只趴在玻璃上的苍蝇,前途似乎一片光明,却找不到出路。他记得毕越说过,把愿望写在纸上,装进瓶子里,然后扔到河里飘走,愿望便会实现,他当然知道这是骗人的,但他还是很幼稚地做了。他从书包里拿出一张前段时间拍的照片,在背面写下了陈瑜曾鼓励他的一句话:"别怕面前的阴影,那是因为背后有阳光。"

他在心里祈祷,阳光能早点照亮自己阴暗的生活,他把照片塞进了一个装着很多小星星的透明的瓶子,那些小星星都是陈瑜折给他的。最后,中方把瓶子放进了面前缓缓流淌的河水里,瓶子顺流而下,很快便消失了踪影。

天已大亮了,中方再次上路,在大多数人们还没起床的时候,他已搭上了去县城的公交车。

二十分钟后,车到站了。站在出站口,中方发现,小小的县城早已是车水马龙,人流如织,看着街上行色匆匆的人们,中方好羡慕他们呀,因为他们每个人都有自己的方向和目的地,而自己却没有。

中方抠掉了手机卡,在车站旁的小店里买了张新的装上,他不希望家人和朋友联系到自己。

最后,他鬼使神差地上了一辆开往东营的大巴。

大巴将中方从山东南端带到了山东北端。

在东营西站下车了。

中方心想,既然这里是西站,那往东走一定就是市中心了。其实他的想法是

对的,但是方向却判断错了,于是他背道而驰,走向了郊区,但也因此见到了从未见过的奇观:在一眼望不到边的草地上,耸立着一座座高大的铁架子,像是一把把彩色的锤子,抬起又落下,再抬起再落下。又好似一个个朝拜的人,不停地磕头。地上的盐碱白茫茫的像雪一样,在晚霞的映衬下,如梦如幻,那画面美得让人不敢看。

终于,饥饿把中方从梦境拽回了现实,他摸了摸瘪瘪的口袋,里面仅剩下几十块钱,这才意识到当务之急是如何解决吃和住。

柏油路两边分布着一些临街的房子和院落。在一个门上贴着招工告示的大院前,中方停下了脚步。

踌躇再三后,他鼓起勇气上前敲响了门。许久,大铁门才吱吱悠悠地闪开一条缝,缝里一个老头的脑袋探了出来,打量了一下中方后,冷冷地问:"有啥事?"

"还招人不?"

"招!但你——"

"工资少点也没事,管吃管住就中!"

"那,进来吧。"

大铁门在中方进去以后重重地关上了,原来这是一家生产塑料袋的小厂子。接下来的日子里,中方忘记了日期,忘记了烦恼,全身心地投入到了工作之中。

车间里有一台称配料的台秤,中方没事就站上去称一称,他发现自己的体重在一天天的递减,不过,他并没放在心上,反而特别感激这繁重的体力劳动,因为劳动可以将身体折腾得疲惫不堪,以至于无暇去舔舐自己的伤口。

当中方的体重降到一百一十五斤时,老板倒有点坐不住了,大概他担心中方会累出什么病来,尽管他也很欣赏中方,但在权衡利弊之后,还是把中方叫到了办公室。

这个穿着普通的中年男人就是老板,他使劲地吸了口烟,委婉地开口了:"小伙子啊,我听下面人说,你是离家出走的,我建议你还是回家吧,别让家人担心,回去再复读一年,别把大好青春浪费在我这小厂子里。"

"老板,我……"

老板拉开抽屉,拿出一小叠事先准备好的钱,跟中方说:"你总共是干了五十七天,我就给你按两个月算好了,你数一下,这是一千八。"说着把钱递给了中方。

中方接过钱,但并没有数,而是直接从里面抽出一张放在了桌子上,说:"谢谢你,但我不习惯占便宜!"说完转身走出了办公室。

老板用一种前所未有的眼神目送着中方的背影,中方知道,那种眼神叫做肃然起敬。

告别了小厂后,中方直奔向汽车站,买了回家的票。

一张车票,本轻如鸿毛,对中方来说却重于泰山,它让中方从陌生重回了熟悉,熟悉的建筑,熟悉的马路,熟悉的一草一木。而此刻,中方最大的愿望,就是去那个最熟悉的摊子上,坐在那个最熟悉的人身旁,吃上一口最熟悉的味道。

远远的,中方就看到了妈妈憔悴的身影,顿时他感到喉咙有点哽咽,两个月不到的时间妈妈消瘦了很多。他既心疼又羞愧,耷拉着脑袋,咬着嘴唇,来到了煎饼摊前。

妈妈正在拌着菜,身后有两位顾客,一位坐在马扎上吃着,另一位站在旁边等着吃,那久违的香味弥漫在空气中,中方忍不住咽了咽口水。

"摊个煎饼。"中方小声地说。

"噢,好的。"妈妈习惯性地答应着,但她马上意识到了这声音很熟悉,不是别人的,正是自己儿子的。她有点不敢相信自己的耳朵,慢慢地转过头来,当她看到儿子活生生地站在她眼前的那一瞬间,手中拌菜的盆滑落掉了,盆里的菜散落了一地,本干涩的眼眶里立即注满了晶莹剔透的液体。

"你死到哪里去了?"说着妈妈已泣不成声,她又喜又气地捶打着中方的胸膛。

中方默不作声地任凭妈妈宣泄内心的压抑和苦楚,他知道妈妈这两个月承受了太多太多。

旁边一头雾水的顾客也看出了眉目,知趣地悄悄离开了。

中方发现,妈妈头上竟长出了几缕白发,白得宛如那个清晨牵牛花的那圈雪边。

十七　天真遇水深

中方复读了一年,二〇〇六年,中方如愿以偿地收到了上海一所知名大学的录取通知书。

再说陈瑜,她自从高中毕业后就不上学了,帮家里打点起影楼的生意。中方猜想,大概是她养父母担心她一旦走远了,就会不回来了吧。

在离家最近的火车站,也就是东海县火车站,中方拉着陈瑜买给自己的行李箱,检票进了站。

站在月台上,中方给陈瑜发了条手机短信:"感谢这么久你对我的关心和帮助,马上就上车了,原谅我没让你送我,一是怕麻烦,二是离别总归伤感。不过请你放心,待我学业有成,定回临沭娶你!"

信息是发出去了,可陈瑜却迟迟未回,中方忐忑不安地等待着回复。

火车鸣着笛进站了,两束强光照得中方眼睛晕乎乎的。因为东海县站是始发后的第一站,所以车厢里空荡荡的,没几个乘客,但中方还是按票面信息,找到了属于自己的那个座位。

随着火车再次鸣笛,车厢微微一震,旅行便开始了。尽管不是第一次出远门,中方却掩饰不住内心的激动和兴奋,因为这次不同以往,这是对他十几年寒窗苦读的交代,而且目的地又是充满传奇和诱惑的大上海。

窗外,灯火阑珊,把夜点缀得很美。中方心想,上海的夜一定要比这还美上百倍千倍,他想象着,将来会在上海遇到怎样形形色色的人,会演绎出怎样喜怒哀乐的事……

"滴滴!"手机响了,打开一看,是陈瑜回信息了,不过只有四个字:"不见不散!"

信息不长,却意味深长,因为这其中浓缩了太多的深情厚谊,浓缩了太多的信任寄托,这是彼此的承诺,是最美的誓言,中方细细地品味着。

路经了新沂、邳州两个小站后,火车在徐州站停了下来。徐州,不愧为五省通衢,客流如织,原本空荡荡的车厢顷刻间挤满了人。

中方对面的空位上来了一位戴眼镜的中年妇女,她身上穿着印有青花瓷图案的短袖衫,素气却不俗气,看上去应该是个有学问的人。她还主动跟中方打起了招呼:"你好啊。"

中方正在发呆,略显迟钝地回答道:"噢,你好你好。"

中年妇女理了理额前的头发,问:"学生么?"

中方点点头,"嗯,是的,刚考到上海,去学校报到呢。"

"噢,"中年妇女点了点头,接着又问:"诶?你学什么专业的?"

"我中学是学美术的,大学专业报的是摄影。"

中年妇女一脸惊喜地说:"那么巧啊,我以前也是学美术的哎,现在,我在中国三大瓷都之一的湖南醴陵,从事瓷器图案的绘画创作。"

一种崇拜之情从中方的心底油然而生。

中年妇女从随身的小包里找出一张金光闪闪的卡片,递给中方,说:"这是我名片。"

中方小心翼翼地接过来一看,上面写着"龚明珠经理"。

中方觉得这个阿姨真是低调,身为经理还如此平易近人,想到这里,中方觉得自己太荣幸了。

火车又一次启动了。

中年妇女笑着问中方:"你绘画水平怎样?"

中方谦虚地说:"还行吧,不过在你面前肯定是班门弄斧了。"

"过奖了,假如你感兴趣的话,咱倒是可以合作噢?"

"合作?"中方面露难色地说,"可是我没钱啊,连入学的学费都是跟亲戚借的呢!"

中年妇女摇了摇头说:"放心吧,不用你出一分钱,你只要创作出好的瓷器图案就行了,一旦被采用,一幅三百元钱,怎么样?"

中方有点激动地说:"有这样的好事?可我在上海,你在湖南,怎么把图给你呢?"

"我们在上海有办事处的,这个肯定不用你操心,你现在只要好好保管你的学费安全到学校就行了。"

中方指着头顶行李架上的行李箱自信地说:"安全着呢!上了密码,万无一失!"

"那就好!那就好!"

两个陌生人,就这么一来二去地聊成了朋友。中方心想,这一出来便遇上贵人了,你说运气咋就这么好呢?上帝也太偏爱自己了!

不知不觉中,火车先后经过了宿州、蚌埠、滁州、南京……

快到苏州的时候,中年妇女从包里摸出一瓶饮料和两个一次性纸杯,倒满了杯子后,自己先端起了其中一杯,然后用眼神示意中方喝另一杯。盛情难却,再加上一路上说话说得口干舌燥,于是中方也没多想就端起了另一杯。

"预祝咱以后合作愉快!干杯!"

"好!干杯!"中方一饮而尽。

不一会儿,中方迷迷糊糊地就趴在桌子上睡着了。

等中方再次醒来时,发现自己是被乘务员叫醒的。他揉了揉惺忪的睡眼,这才意识到宽敞的车厢里只剩下自己和乘务员两个人了,对面那个中年妇女早已不见了踪影,和她一同消失的还有自己的行李箱。

只留下两个纸杯稳妥地站在桌板上,一只空空的,另一只却满满的。

乘务员一边打扫着卫生一边说:"你睡得可真香!叫了你好几遍才醒,终点站杭州到了!"

"什么?杭州?"中方傻眼了,中年妇女?瓷器绘画?饮料?行李箱?学费……中方如梦初醒,事实上他也确实才刚从梦中醒来,只不过这一醒,什么都变了。

中方欲哭无泪地下了火车。

在车站派出所里,中方把事情经过一五一十地跟民警讲了一遍。

民警听后,略带惋惜地摇了摇头,说:"据我的办案经验初步判断,你那位总经理朋友跟你讲的话中,只有一句是真的!"

"哪句?"

"湖南醴陵确实是中国三大瓷都之一!"

中方这才明白,原来,有些人在自己生命里出现的意义,就是为了证明自己很好骗!

十八　最忆是杭州

命运竟是如此变幻无常,而且从来都没有彩排,让人猝不及防。

中方不知道坏人何时落网,也不知道自己人生剧本里下一个情节是怎样安排的,甚至不知道前面的路口该向左走还是向右走。

说起来也真够讽刺的,素有"人间天堂"之称的杭州,此刻对中方而言,却堪比人间地狱。

烈日无情地灼烧着他年轻的心,他很清楚,这事儿打死都不能跟家里讲,不然后果将不堪设想。

一个局外人很难理解中方为何拿自己的前程不顾,去隐瞒真相,那是因为你没出生在中方的成长环境中,无法体会到他内心的纠结。

他失魂落魄地走在大街上,两旁高楼林立,走了很久。突然,他眼前的视野豁然开阔起来,一大片湖面水平如镜,远处的山、塔、亭、树、桥倒映其中,美不胜收。

在岸边一个垃圾桶上面,中方看到印有"杭州西湖"的字样,这才知晓,原来自己已置身于传说中的西湖之畔了,只是此刻他并不具备欣赏美景的心情。

他在湖边一个长椅上坐了下来,不远处的山顶上,一座高高的尖塔矗立着,塔身下半部分掩映在密林之间,莫非这就是压白娘子的那座雷峰塔吗?对!肯定没错,西湖边上嘛,真是气派!

天气炎热,一丝风息没有,中方早已口干舌燥了。旁边有个售货亭,窗台上整齐地排列着各种各样的饮料,他身不由己地向那边走了过去。

"老板,矿泉水多少钱一瓶啊?"

老板是一位少妇,正吃着冰棍看书,她头也没抬地说:"两块!"

"噢。"中方摸了摸口袋,里面正好只剩下买票时找的两个硬币了,他犹豫了。

见中方没动静了,女老板不耐烦地问:"要不要啊?"

中方羞红了脸,难为情地说:"不好意思,我……我想一想。"说完中方尴尬地走开了。

身后传来了女老板的嘲讽:"我的天呐!可真有意思,一瓶水还要想啥玩意呀?"

中方舔了舔干裂的嘴唇,看着一旁的西湖,他真想跳进去喝个够,但也只能想想而已。

就在这时,突然身后传来一位老太太的声音:"哎哟——"

中方回头一看,离自己有十步远的湖边,一位身穿蓝色裤子的老太太不知何故摔倒在了地上,他记得姥姥也曾有过这么一件裤子。

中方情不自禁地转身向老人走了过去,可当他走到老人跟前刚要伸手扶老人时,他猛然想到曾不止一次在媒体上看到,有好心人扶老人反被诬赖的报道,于是又把手缩了回来。

周围的游客越聚越多,他们脸上写满了焦虑和担心,但始终没有一个人愿意,或者说敢上前伸出援手。

一个染着黄头发的小伙子说:"其实我想扶,可是我怕万一她家人来了,说是我碰倒的咋办?"

一个领着孩子的妇女接过话茬:"可不是嘛!这种事情说不清道不明的。"

一个戴眼镜的中年男人说:"唉!现在的老人都慢慢变坏了喽!"

一位老大爷不以为然地说:"不是我们老人慢慢变坏,而是坏人在慢慢变老!"

……

"咳!咳!"地上的老太太咳嗽了两下,围观的人都条件反射地向后退了退,生怕跟自己沾上关系。

只有中方站在原地没动,他觉得这咳嗽声像极了自己的姥姥,那一刻,他的心软了,爱心和顾虑的思想斗争中,爱心占了上风,于是,他上前一步,蹲下去,小心翼翼地扶老人倚着自己坐了起来。

老人还有点微弱的意识,他含糊不清地说:"水……水……"

中方想都没想,赶紧从口袋里摸出了那两枚硬币,递向围观的人们,说:"谁帮忙买瓶水?"

一个热心的路人接过了硬币。

很快,水就买回来了,中方拧开瓶盖,微微倾斜瓶身送到老人嘴边。

老人喝了一小口,大概是呛到了,又咳嗽起来。

中方小声问:"您没事吧?"

老人微微地摇了摇头说:"没事。"可刚一说完,就失去意识了。

这时,救护车和警车相继赶到现场。

护士们用担架把老人抬上了救护车。

中方刚松了口气,民警却说:"你也跟着一起去吧!"

中方赶忙解释说:"不是我碰的!"

民警微笑着说:"没说是你碰的,可你是个目击者啊,回头帮忙做个笔录。"

中方有点后悔自己的好心了,但转念一想,怕什么呢?反正现在自己连饭都吃不上了,又没地方可去,再说了,本来就不是自己碰倒的,去就去呗。于是便跟着上了车。

到了医院以后,老人不一会儿就醒过来了。

在楼道里等候的中方赶忙走进了病房,他趴在老太太的床沿上说:"大娘,您总算醒了,您可得帮我证明一下,您是自个儿在雷峰塔旁边摔倒的,对不对?"

老人皱起了眉头:"不对吧?"

中方的心里咯噔一下,心想:难不成又掉进陷阱里了?他用乞求的口吻对老太太说:"大娘啊,您就放过我吧,跟你说实话,我现在连吃饭的钱都没有了,就剩两块钱还买水给你喝花掉了。"

老太太却出人意料地笑了:"这是哪跟哪啊,我是说,我不是在雷峰塔边摔倒的。"

"啊?"中方一点茫然。

老人慈爱地抚摸着中方的脑袋,说:"傻孩子,你是第一次来杭州吧?"

中方点了点头。

"难怪呢,你看到的那座塔啊,它叫保俶塔,和雷峰塔隔湖相望。"

中方心里一块石头落地了,"噢,原来是这样啊"。

"对了,刚才你说怎么连饭都吃不上了,是咋回事啊?"

于是中方把火车上的遭遇和自己家庭情况跟老人一五一十地讲了一遍。

听完了中方的故事后,老人心疼地说:"你说你这孩子,怎么一点防人之心都没有啊?不过话说回来了,你要是有防人之心的话,也就不会扶我起来了,这样吧,我把你的学费给垫上,就当做报答你的救命之恩。"

中方听了直摇头说:"那怎么行,你要这样说,我现在就走。"说着中方站起身,摆出一副要离开的架势。

老人赶紧挽留说:"别啊!孩子,你现在一分钱都没有,能去哪呀?"

中方低下了头,叹了口气说:"我去找工作赚钱,其实,就算学费不丢,凭我的家庭能力也未必能供我读完大学,倒不如我一边打工一边自学呢。"

"可这学咋能说不上就不上呢?"老人小声嘀咕着,突然她想到了什么,问中方:"你刚才说你是美术学生?报考了摄影专业是吗?"

"嗯,对啊。"

"那我问你,你觉得是你考的那个学校好呢,还是我们杭州的中国美术学院好呢?"

"这还用说,当然是中国美术学院好咯!"

老人高兴地说:"那就好办了,我小儿子就是国美摄影专业毕业的,现在经营着一家大型影楼,在杭州来讲,还是相当有名气的,他带出来的徒弟,水平跟高等院校比,毫不逊色,但,他一般不随意收徒弟,不过呢,我倒可以做主,让他破例收你!"

中方简直不敢相信自己的耳朵,激动地问:"真的吗?"

老人的眼神里充满了怜爱,说:"这孩子,大娘都这么大岁数了,还能骗你不成?"

但中方马上又犯难了:"可是,可是我没钱交学费啊?"

老太太眼一翻,说:"傻孩子,不要你学费,到时候还得发钱给你呢!"

此时的中方都不知该如何表达内心的惊喜和谢意,眼泪流得稀里哗啦的。

在此之前,中方怎么也不曾想到,扶起一位老人的同时,竟意外地扶起了自己跌倒的人生。

古人说,三思而后行。可遇到那种情况时,大多数人往往三思之后而不行。中方真想大声地告诉那些心存顾虑的人们:伸出你的援手吧,好人一定会有好报的!

当天下午,老人便出了院,中方跟着她回了家。

老人的家离西湖不远,典型的江南风格,这是一座前面带个小院的三层老楼,小院不大却很别致,兰桂飘香,沁人心脾,蔷薇把砖墙爬成了花墙。

"这就是我家,我家租住着各行各业的人,老师、学生、商人、艺术家,还有一个老外呢!其实呀,我也不在乎那点房租,只是觉得偌大一个房子,我自己一个人住,空得可怕!人多了热闹嘛!你来了他走了的,整个房子就活起来了,你说对吧?"

"嗯!"中方点头答应着。

老人指着一楼的一个房间,说:"你就住我隔壁这间吧,这间之前也是个学生住的,今年毕业刚搬走了。"

"噢!好的好的!"

正在这时,一个高个子老外从外面走了进来,手里拎着大包小包的。看到中方,他先是愣了一下,但马上就反应过来了,笑着打招呼说:"你好啊!新朋友!"

中方略带羞涩地说:"你好你好。"

老人对着老外手里的东西努了努嘴,问:"今天是啥日子啊?买这么多东西?"

老外兴奋地说:"今天是我来到中国的第一千四百三十五天,我太喜欢这个数字了!"

老太太不屑一顾地笑了笑,说:"你总做一些让人琢磨不透的事,今个儿和昨个儿有啥区别呢?你不是照样要交房租给我吗?"

老外无奈地摇了摇头,说:"这你就不知道了吧?**一四三五可是中国铁路两轨之间的距离,**而我的家族历来就是跟中国做国际贸易的,所有的货物都要通过那两根铁轨来运输。这是多么伟大多么神圣的一个数字啊!所以,只要和这个数字有关的,我都会特别开心!"

老太太不以为然地说:"你们老外的逻辑,唉!真搞不懂!"说完拿起一块抹布擦拭起桌子上一个精美的瓷花瓶。

老外一点都不见外,他把手里的大包小包往公共客厅的沙发上一放,走过来,问中方:"新朋友,你老家是哪里的?"

"山东。"

"啊?山东啊?"老外这一惊一乍的,足够吓人一跳,接着他又兴致勃勃地问,"我有一个朋友就是你们山东莱芜的,你知道吗?我第一次去他家做客时,他妈妈正蹲在院子里一窝小猫旁边给猫窝里铺草,我朋友问他妈在干吗,他妈说,鼓捣猫呢!我的天呐!当时就把我惊呆了,原来在中国英语都普及到农村啦?因为当时去得太仓促,就没带礼物,我顺手把一瓶产自欧洲的矿泉水递给了他妈妈,说这是国外生产的,你猜他妈说啥?"

中方摇摇头。

老外自己笑得都弯下了腰,他半捂着嘴说:"他妈妈说,俺莱芜有噢!哈哈哈哈!"

一旁的老太太觉得很莫名其妙,他不理解老外为什么会笑,还笑得那么夸张,她对中方说:"这事儿他逢人必讲,直到现在我也没整明白,有啥好笑的?"

老外一听,笑得更加夸张了,指着老太太对中方说:"她不懂英语,哈哈哈……"

就这样,在笑声中,中方和这个不同国家、不同年龄、不同阅历的老外成了朋友。

第二天上午,在老太太的引荐下,中方来到了她儿子的影楼。

这影楼规模确实不小,从外面看,影楼装饰风格是仿古的,翘角飞檐,传统意蕴十足。

刚一进门,一个穿戴高雅的女士就笑容满面地迎了上来,说:"阿姨,您怎么亲自来了呀?"

老人指了指中方,刚要开口,那女士便说:"噢,我知道!总经理出门前都跟我交代过了。您放心好了,一切由我安排!"

老人跟中方介绍说:"她就是这里的主管,我把你交给她了,那我就先回去了。"

主管赶忙关切地问:"阿姨,要不要找个人送你?"

老人摆摆手说:"不用不用!"说完便走了。

主管打量了一下中方,笑着说:"挺有本事啊你,老太太亲自把你送来,欢迎你加入我们!我是这里的主管,这样吧,我先简单地给你介绍一下咱这里吧。一楼呢,主要功能就是接待洽谈,二楼东侧用于顾客选片和一对一修片,西侧是化妆造型选服装。往上三四五楼是高度仿真场景的摄影棚。听说你有美术基础,那学起来可就容易多了。"

中方插不上话,只是不停地点头。

主管接着说:"咱影楼以红为主线,贯穿古今。因为红是咱中国人最喜欢的颜色,从传统家具到姑娘嫁衣,从春联到朝霞,从红领巾到国旗,就连咱最大面值的人民币都是红色的,总之,红的元素无处不在,早已渗透到每个人的心里。"

中方感觉自己就跟进了大观园的刘姥姥似的,又土又碍眼,跟这里格格不入,但他相信,自己一定会很快融入这个新环境。

从此,中方开始了新的生活,既是学习又是工作,他倍加珍惜这难得的机会。

跟家里人,中方一直谎称自己在学校上课。因为他知道,家人根本无法理解自己的现状。既然如此,那还不如先瞒着。其实,若是这种生活状态能一直保持住,中方就已经很知足了。

可树欲静,偏偏风不止。木秀于林,风必摧之。堆出于岸,流必湍之。行高于人,众必非之。

有人说,人生的痛苦,往往不是因为自己遭遇失败,而是身边人无端地成功,这话一点都不假。中方的幸运,就让主管心生嫉妒,而中方愈是尽心尽力、尽职尽责,主管愈是把他视作眼中钉肉中刺。或许主管担心终有一天中方会将她取而代之吧,她想了很多法子排挤和孤立中方。每次中方都忍气吞声,默默承受。事实上,除此之外,中方也没有更好的办法。

其实,中方也并不完全孤单,他还有两个不为人知的好朋友,那便是住在二楼窗外屋檐下的一窝燕子。每次中方受了委屈,心里难过的时候,就会来到窗前,对着燕子倾诉。燕子似乎心有灵犀,每当这时,都会静静的待在窝里,耐心地倾听着。倾诉完了,中方的心结也就打开了,然后,便会更加努力地投入到学习中。

为了弥补大学的遗憾,利用业余时间,中方还找来了大学文化课课本,自学了大部分文化课课程。

就在最近,中方惊喜地发现,屋檐下,燕宝宝出生了,而且还好几只呢!他真是羡慕燕子一家,羡慕它们无忧无虑、自由自在、其乐融融。

可是,有一天,这份和谐与安宁被打破了,不知何故,燕妈妈在窗外焦躁不安地一边徘徊一边叫着。

中方满脸疑惑地走到窗前,一股呛人的烟味迎面扑来。他把头伸出窗外,试图寻找这烟味的来源。

原来,罪魁祸首是隔壁那家日本料理餐厅,他们新添了一个烟囱,从铁皮新旧的程度就不难看出是新的,烟源源不断地从烟囱里冒出,紧贴着墙向上,一直飘到墙角燕子窝这边,所以燕子才如此惶恐。看到这,中方便下了楼,直奔隔壁的餐厅而去。

餐厅门开着,刚到门口,两位迎宾员就深深地给中方鞠了一躬,说:"欢迎光临东升日本料理。"

"噢,不好意思,我不是来就餐的,"中方解释着,然后指着一侧的烟囱,说,"你们餐厅外的那个新烟囱,有点不合适。"

这时,从里面走过来一个个子不高的中年男人,他穿着和服,留着一小撮方形胡子,看样子应该是餐厅的领导吧。他阴阳怪气地说:"哪儿不合适了?"

还没等中方开口呢,那小胡子男人又接着说:"既然你不是来消费的,那麻烦你别堵在门上,影响我的生意,有什么事到门旁说吧。"

主人都下了逐客令了,中方也只好闪到了门旁,小胡子男人也跟着走到了店外。

中方指着旁边的烟囱,说:"你看,你家烟囱冒出的烟把我们店二楼的燕子给熏得都快搬家了。"

"燕子?搬家?"小胡子男人冷笑着说,"它们本来就不该在那安家!"

小胡子男人的气场把中方给镇住了,小声说:"可是……"

"可是什么?你是影楼的老板吗?"

中方摇了摇头。

小胡子男人冷笑着说:"那你,岂不是像你们中国人常说的,狗拿耗子多管闲事吗?"

他果然是日本人,中方一听就来气了,指着他问:"诶,你咋骂人呢!谁是狗啊?不过,把你们日本人比作耗子,倒是名副其实!"

"真是笑话!"日本人趾高气扬地说:"我们日本人偷你们什么了?"

中方想了想说:"别的就不说了,连你们日本的文字都是偷了我们中国的。"

日本人反问中方:"那你倒是说说看,我们日本人哪朝哪代偷的文字,说话可要讲证据的,不然就别信口雌黄!"

他俩的争吵,引起了很多路人的围观,大概爱看热闹是咱中国人的天性吧。

中方被这么一问,给问住了,他真恨自己肚子里墨水太少,关键时刻太给国人丢脸了。

日本人脸上露出一丝得意。

就在此时,人群中走过来一位穿着白色连衣裙的年轻姑娘,那裙子特别漂亮,白底红花,花是月季花,而且花朵图案的位置分布很有意思,从上到下,由疏渐密。

姑娘理了理飘逸的长发,微笑着说:"**据《汉书》记载,公元前五十七年之前,倭国,也就是你们日本,是没有文字的。那一年,汉光武帝赐给倭国一枚刻着'汉倭奴国王'的金印,汉字随之传入倭国。到了隋唐时期,倭国先后二十二次遣人来中国学习汉字,汉字才大量传入日本。**可是,你们只是照葫芦画瓢,学去了皮毛而已,根本无法理解中国文字的博大精深。"

姑娘的博学多识赢得了围观人们热烈的掌声。

日本人根本没预料到这位姑娘的出现,他气愤地瞪着姑娘,说:"你说我们只学了皮毛而已,那好,我来出个上联,你敢接吗?"

姑娘淡然一笑,说:"来者不拒,请出。"

日本人嘴角掠过一丝狡诈的奸笑,说:"听好咯,日本东升,光照四国九州。"

围观的人越来越多,稍有学问的人都听得出,日本人出的上联虽然字数不多,但极为巧妙,不但把国家、地名、店名都融进了联里,还一语双关,用九州影射中国,明显带有侮辱的意味。

人们都看着姑娘,眼神里充满了期待。

姑娘依然微笑着,自信十足地说:"你很完美地诠释了刚才这位小哥所说的偷窃文字。因为你这上联就是抄袭剽窃、断章取义而来,其实原文是这样的:

中原正立,啸傲天下五洲,看我永矗东方国恒泰;

日本东升,照耀九州四海,可怜终薄西山命必微。

你光顾着投机取巧,殊不知顾此失彼、弄巧成拙。试问阁下,假如真如你所讲,太阳,光照着你们九州和四国两个弹丸小岛,那剩下的本州和北海道呢?难道是北极变暖,海水上涨给淹没了?还是跟广岛一样,被你们好朋友美国给夷为平地了?"

日本人被问得哑口无言,脸憋得通红。

围观的人们都拍手称快,对姑娘心生敬意。尤其是中方,他崇拜地看着这位替自己解围的姑娘,心中满满的感激。

可是日本人并没有善罢甘休,他一脸不服气地说:"仅用一副对联就下定义,也未免太过牵强了吧,有本事你出我来对!"

"那恭敬不如从命了。"没想到姑娘丝毫没有怯意,欣然答应了。她指着墙上的烟囱,说:"那干脆就地取材吧!"

日本人轻蔑一笑:"烟囱有啥好说的?"

姑娘说:"那你听好了,烟沿艳檐掩燕眼。"

在场的人刚一听,还没反应过来,但结合实物一看,马上就意会了,简直太妙了,七个字同一音节,既扣题又生动,真是绝了,人们被姑娘的才智给彻底征服了。

正如人们意料的,日本人无言以对,他气得咬牙切齿,怒目圆睁。

说来也巧,就在这时,日本人的手机响了,刚好给了他一个台阶下。他一手从衣服里掏出手机,一手指着姑娘说:"这事可没完,回头再找你算账!"

说完,他"借机"走开了。

围观的人们似乎有点意犹未尽,但看到日本人溜走了,也就散了。

最后只剩下中方和那位姑娘,他俩微笑对视着,如老朋友一样。

中方难掩心中崇拜之情,感激地说:"谢谢你啊!你真让我佩服!"

姑娘谦虚地说:"小事而已,何足挂齿。再说了,谁让我们都是中国人。"

中方好奇地问:"你是杭州本地的吗?"

姑娘摇摇头说:"不是,我是台湾新北市的,对了,我感觉你好熟悉啊,但一时想不起来在哪里见过了。"

中方羞涩地笑着说:"不会吧,大概因为我长得太通俗了,哈哈。"

"我叫罗燕,你呢?"

"我……我叫……"

还没等中方说出来,影楼那边就传来了主管石破天惊的一声:"张中方——"

中方往那边一看,只见主管正怒不可遏地瞪着自己,那眼神让中方不寒而栗。他无奈地点了点头,对姑娘说:"对!就她喊的这个名字!后会有期!"说着他还俏皮地朝姑娘挤了挤眼睛,然后就奔影楼走去了。

"嗯,后会有期!"

再说主管,两手叉着腰,仰着脸,等着中方来听她训斥。

中方低垂着脑袋走到主管面前,低声解释着:"对不起,我刚才……"

主管直接打断了他的解释,说道:"无需狡辩!我都听说了,你知道你自己在做什么吗?真是不得了了,你现在都能代表咱影楼了?"

"不是,我……我只是……"

"不用解释,我都给你总结好了,你在短短的半个小时之内,犯下了七宗罪:目无店规、心有旁骛、自作主张、擅离岗位、不顾大局、错不悔改、无理狡辩!你还有什么好说的?!"

主管那咄咄逼人的姿态,点燃了中方心中积压了很久的怒火,他指着主管大声说道:"你讲话这么快干吗?难道你的嘴是租来的,着急还吗?我早就受够你了!"说完后中方头也没回地走了。

中方的反应令主管太意外了,意外到张着嘴,半天都没说出话来,眼睁睁地看着中方的背影越走越远,直到消失在街尾的拐角。

或许,真的是憋得太久了,尽管中方有点后悔刚才的一时冲动,但他确信,凭借自己这两年在影楼的刻苦学习和实践,找份相关的工作绝非难事。只是,怎么跟老太太交代呢?唉!走一步算一步吧,反正事已至此了。

不知为何,他脑子里突然浮现出之前那位帮自己解围的姑娘,她的微笑,她的漂亮,她的机智,她飘逸的头发,还有那好看的连衣裙。天哪！这是怎么了？难道,难道自己喜欢上她了吗？不能不能！千万不能！因为陈瑜还在老家等着自己娶她呢！想到这,中方才意识到,已经好久没回老家了,每当逢年过节都是找种种理由骗家里,不回家。

中方来到了西湖边上,找到了那个熟悉的长椅,正是在这里认识了老太太。时间可真快,一晃就两年过去了。都两年没见成陈瑜了,也不知道她过得好吗。

坐在长椅上,想着想着,不知不觉地中方竟然睡着了。

梦里,他躺在抱子沟的草地上,春风十里,野花飘香,阳光和煦,虫鸣鸟唱,陈瑜从远处走来,走到他身旁,轻声说:"喂！醒醒！"他却笑着装睡。

"喂！醒醒！醒醒！"

中方一把抓住了陈瑜的手,睁开眼一看,自己抓住的竟然是老太太的手,才知道原来是个梦。

老太太拍着心口窝,说:"哎呀！这孩子,吓我一跳！我就知道你会来这里！"中方本来还愁着如何跟老人家开口呢,没承想老人却自己找来了,难道她都知道啦？于是,中方问她:"大娘,您咋来了？"

老太太又爱又气地戳着中方的额头说:"你连工作都不要了,我能不来吗？"

中方羞愧地说:"您都听说了？对不起！大娘,给您丢脸了。"

老太太抚摸着中方的头,说:"不怪你,吵个架不很正常吗？谁还没有点脾气,是不是主管难为你了？"

中方连忙摇头说:"没有没有！她对我挺好的,都怪我自己太任性了！"

老太太也坐了下来,看着西湖的水,她意味深长地说:"看来,你真的长大了！你不必瞒我,主管对你怎么样,我全都知道。"

"啊？"

"事到如今,我就实话实说吧,她那么苛刻地对

你,全是我老太婆交代的,你可别怨她。"

老人的话让中方觉得太不可思议了。

老人深深地叹了口气,接着说:"我有个孙子,比你大不了几岁,就因为从小惯着他,太溺爱了,以至于到现在都一事无成,说他几句他都烦得不得了。这不,前段时间因为一点琐事离家出走了。唉!由此可见,温室里是长不出来参天大树的,逆境,才更容易磨炼出锋芒,所以啊,别怪我狠心。如今,你已是炉火纯青,可以去闯自己的天地了。"

中方怎么也没料到老人家竟是如此用心良苦,听着听着,他哭成了泪人,他不知道该如何表达内心的感激,扑通一声给老人跪下了。

"这是干吗呀?孩子,赶快起来!"说着老人扶起了中方,"来!坐下,大娘跟你讲讲保俶塔的传说吧。"

"嗯!"

"这西湖啊,自古就是一个不乏传说的地方,这宝石山上原本没有……"

其实,这一老一少又何尝不是一个西湖新传说呢?

在这个世上,真正对你好的人,并不是放任你肆意生长,而是苛刻地督促你变得坚强。

第二天,中方告别了这座自己待了两年的美丽城市。

在火车上,他翻看着两年间拍摄的照片,才发现,原来这一张张照片并不是拍给别人看的,而是留给自己当回忆录的。它们把琐碎的记忆片段巧妙地串联了起来,见证了自己在这个美丽的城市里渐渐从青涩到成熟。

十九 大闹结婚宴

火车行驶了一夜,次日上午,中方终于踏上了那片熟悉却又久违了的土地。在中方并没有回自己的家,因为还没到放假时间,他怕村里人的闲言碎语和猜疑。他一向都是个做事严谨的人,在他看来,即便是撒谎,也要尽可能撒得天衣无缝,万一不小心露出破绽,那可就前功尽弃了。

按照提前和毕越约定好的,中方在红石湖公园门口等着他。

公园南侧的花坛里,两只橘红色的蝴蝶正在同一簇花上贪婪地吮吸着花蜜,中方觉得它俩像极了自己和和陈瑜。

不一会儿,毕越如约而至,他看起来比两年前越发帅气了。毕越走过来,拍了拍中方的肩膀,无奈又略带着同情地说:"看来,哥的消息还挺灵通的,节哀顺变吧。"

中方一时没反应过来:"啥呀?什么节哀顺变?"

毕越叹了口气,说:"唉!你要不是伞,就别硬撑着了。说实话,我倒是挺佩服你的,要换作别人,谁都不会大老远赶回来自取其辱。"

中方越听越迷糊了,问:"说啥玩意啊,我咋听不懂呢?"

毕越说:"你该不会说自己不知道陈瑜今天结婚吧?"

"结婚?陈瑜,今天,开什么玩笑?"中方感到莫名其妙,他不屑地说:"少来这套!你以为今天还是愚人节呢?"

毕越显得有些惊讶,说:"你是真不知道还是装不知道啊?我这回可没开玩笑!"

"别闹!正经点行不?"

"看来你是真不知道,陈瑜嫁给了县里一家化肥厂老板的儿子,今晚在他们厂的礼堂里要举行内部宴席,我还被邀请去演出呢!"毕越说得有板有眼,而且还挺认真。

中方的表情僵住了,许久没说话,他原本还幻想着陈瑜见到自己时,会是怎样的欣喜若狂,幻想着自己该摆个怎样的姿势才会更帅,幻想着如何说开场白,而此刻,所有的幻想瞬间灰飞烟灭、化为乌有。

毕越在中方眼睛前面摆了摆手,说:"你没事儿吧?"

中方咬着嘴唇,微微摇了摇头,说:"没事儿。"

毕越拉起中方的胳膊,说:"走!兄弟替你出气去!"

中方知道他的脾气,担心地问:"干吗去啊?你可别乱来啊!"

"你心可真够大的,都到这份上了,竟然还替别人着想,放心,不会出人命的,顶多整他个生不如死!"

"别吓唬我啊!你到底要干吗啊?"

"你只管做一个安静的美男子,别说话就行了!"

中方只好不说了。

毕越带着中方先回了住处,换了身演出穿的戏服,上好妆后,出门拦了辆出租车。

"两位去哪呀?"

"去大丰收化肥厂。"毕越一边回答一边对着后视镜调整着假发髻。

"好嘞!"司机答应着并调转车头,他似乎还想问点什么,但发现毕越和中方心情不是很好,便抿了抿嘴,把话咽了回去。

毕越这身打扮,确实会让陌生人产生好奇心,中方也看出了司机的心思,便替他问了:"咱去那干吗啊?你看你穿的跟唱戏的似的。"

毕越一本正经地说:"可不就是去唱戏吗,你等着看好戏就行了!"

中方便不再说话了。

窗外的临沭,跟两年前比起来,楼更高了,路更宽了,树更多了,草更绿了,天更蓝了,只是人的心,更让人捉摸不透了。

车,穿县城而过后,驶向了工业园区。

临沭,是享誉全国的优质化肥生产县,这里生产的肥料甚至出口到国外。冠有中国名牌、中国驰名商标的大公司比比皆是,笑星大咖来临沭代言化肥品牌,早已不是什么新鲜事儿,赵本山、宋丹丹、陈佩斯、朱时茂、郭冬临等等,反正走不了多远,就能看见印有明星笑脸的大型广告喷绘。

拐了几个弯后,车抵达了目的地,这是一家规模不小的化肥厂。

一下车,中方就被浓浓的喜庆气氛给包围了。满眼都是红色,红红的地毯铺到了马路上,红红的对联贴在大门两侧,一座红色的充气彩虹门大气非凡,上面的条幅印着"恭贺吴琼、陈瑜喜结良缘",这几个字刺痛了中方的眼睛,也刺伤了他的心。

进了大门,毕越和中方顺着红地毯的走向往前走着,厂区内所有的树都裹上了红色的绸布,树枝上挂满了红色的灯笼,喜庆至极!

他俩一直走到了职工活动中心的礼堂,礼堂显然已经被精心布置过了,几十张大圆桌上都铺着洁白无瑕的桌布,每张桌子正中间都摆着一大簇娇艳欲滴的鲜花,鲜花周围则放着一盘盘糖果、巧克力、开心果等小吃,还有各种饮料。

毕越指着靠边的一张桌子对中方说:"你就先在这坐会儿吧。"

中方面无表情地坐了下来,是的,他实在不知道该有什么表情,是高兴,还是难过?是祝福,还是谴责?似乎都不太合适,也许,此时此刻没有表情便是最好的表情。

等中方再找毕越时,毕越早已不见了踪影。

天刚刚要上黑影,参加宴会的人蜂拥而至,男的清一色蓝厂服,女的倒是穿得五颜六色,空荡荡的活动中心转眼就坐满了。

人们说着,笑着,打着,闹着,男的,还有女的。

不知什么时候,一位穿着红色唐装的男主持人走上了前面略高于地面的舞台,他高兴地说:"欢迎各位光临咱厂长公子吴琼和美丽的陈瑜女士的婚宴,这是专门为咱厂里内部员工精心准备的文艺晚宴。大家知道吗?琼和瑜都是美玉的意思,我相信这两块美丽的石头定能摩擦出不一样的火花,下面有请两位主角上场!"

在热烈的掌声中,主角从门外走了进来,新郎相貌平平,新娘却超凡脱俗,一袭洁白别致的婚纱将她衬托得如画中美人,胜天上仙女。

主持人接着说:"今晚,将不仅仅是一场味觉享受,更是一场视听盛宴,咱特意为大家邀请了众多表演艺术家。"

人们兴奋地鼓掌欢呼着。

"咱这对新人,因花而结缘,并相恋,为此,我们专门请来了年轻新秀毕越,为大家带来评剧《花为媒》选段《报花名》。"

热烈的掌声,猛烈地撞击着中方的耳膜,他这才发现自己和陈瑜曾经的誓言竟是如此不堪一击,碎落了一地。他有意识地低着头,眼睛却偷偷地瞄着台上的陈瑜。尽管隔得很远,但中方却能真真切切地感受到,陈瑜脸上的笑并不是发自内心的,而是一种勉强的敷衍,她或许只是想借笑来掩饰,掩饰那颗和自己的一样,轻轻一碰,就破碎的心。

乐声响起,毕越在人们的期待中走上了舞台,主持人和新郎新娘都退到了最前排中间一张预留的空桌上。

**"春季里风吹万物生,

花红叶绿草青青。

桃花艳梨花浓,

杏花茂盛,

扑人面的杨花飞满城。

夏季里端阳五月天,

火红的石榴白玉簪。

爱它一阵黄昏雨,**

出水的荷花,

亭亭玉立在晚风前。

……"

一曲唱罢,掌声如雷。

"谢谢大家!谢谢大家!"毕越连连鞠躬致谢。

后面有位姑娘来了一句"再来一曲!"

随即一呼百应:"再来一曲!再来一曲……"

毕越点点头,说:"好!接下来,让我说段快板来夸一夸咱临沭的姑娘吧!如何?"

"好!"台下的人们一致赞成,尤其是姑娘们,一听要夸自己,声音明显盖过了男人们。

毕越似乎早有准备,从衣服里摸出一副快板,熟练地打了起来:

"闲言碎语不多讲,

表表咱临沭的好姑娘。

咱这里,

沭河水长苍马山高,

这里的姑娘就是好!

啥?恁不信?

没关系,

听我给你表一表!

郑山的姑娘福气好,

说得多来做得少!

南古的姑娘干活好,

酒厂上班三八倒!

石门的姑娘口才好,

说话都用数来宝!

店头的姑娘心眼好,

家里再穷也不跑!

大兴的姑娘身材好,

吃再多也胖不了!

蛟龙的姑娘能力好,

精打细算天天跑!

白旄的姑娘手艺好,

柳条编织技术巧!

青云的姑娘家教好,

贤良淑德起得早!

曹庄的姑娘力气好,

追得老公满街跑!

满街跑!"

毕越将全场的气氛带入了高潮,所有的人都在喝彩,特别是姑娘们。唯独中方的心咚咚咚跳得忐忑不安,因为据他对毕越的了解,毕越带自己来这里,绝对不可能仅仅为了看演出的,真担心他会整出什么出格的事来。

果不其然。

毕越走到新娘面前,用一种怪怪的眼神看着新娘,直看得新娘浑身不自在。

主持人见状,赶紧站起来打破尴尬,他冲着大伙说:"是不是也该让毕越夸一夸咱们的新娘啊?"

"是!"

毕越嘴角掠过一丝坏坏的笑,点了点头后他提高了嗓门指着陈瑜说:

"从城市到乡下,

你躲过了多少严打?

从生日到七夕,

你收过了多少鲜花?

从天真到成熟,

你吸收了多少精华?"

大家都以为毕越在开玩笑,有人还笑出声来,只有中方如坐针毡。

而毕越并没有打住,他继续说了起来:

"从春秋到冬夏,

你磨破了多少丝袜?

从汉庭到如家,

你伺候了多少欧巴?

从校服到婚纱,

你震坏了多少床榻?"

新郎实在听不下去,忍无可忍地上前抽了毕越两耳光,他大声吼着:"老子让你胡说!"

毕越一个脚跟没站稳,摔倒在了地上,新郎不依不饶,顺势骑到了毕越身上,两人厮打成一团。

"看老子今天不扇死你,敢来我这里砸场子,吃了熊心豹子胆了吧你?"新郎一边扇毕越的脸一边狠狠地骂着。毕越身单力薄,哪是他的对手?

眼看着事情有点不对劲,但没人知道发生了什么,个个都面面相觑,主持人尴尬地站在旁边,急得抓耳挠腮。

中方本不想让陈瑜看到自己,但此时也顾不了那么多了,他飞快地跑到台上,二话没说,一把推开了新郎,新郎猝不及防,歪倒在地。

看着毕越嘴里和鼻子里满是鲜血,中方一边扶他起来,一边生气地说:"你这是干吗啊?傻不傻啊你?"

中方的突然出现,完全出乎了陈瑜的意料,但她联想到刚才毕越那莫名其妙的夸奖,瞬间就明白了怎么回事,她愤怒地指着中方,颤抖地说:"你太过分了!"

中方急了,连忙说:"不是……不是你想的那样,你听我解释啊!"

陈瑜苦笑着说:"都这样了,还有什么好解释的!这是我的婚礼晚宴哎!"

中方指着新郎问陈瑜:"你敢说你真心喜欢这个人吗?"

陈瑜反问中方:"你有什么资格这么问!你陪我经历了什么!就你指着的这个人,他不仅代替我爸还清了赌债,还承诺一定帮我找到亲生父母,而你呢?两年来杳无音信,现在却策划了这么一场卑鄙的闹剧。"

中方没再接着解释,他叹了口气,说:"看来,我们的誓言你都忘了!"

陈瑜冷笑了一声,说:"誓言?呵呵,誓言其实跟谎言又有什么区别呢?无非前者是说的人当真了,而后者是听的人当真了。不过你放心,刚才你朋友诋毁我的那些无中生有的谣言,吴琼是不会相信的。"

"没错!"倒在地上的新郎终于有机会插上话了。他费劲地从地上爬了起来,指着中方和毕越,咬牙切齿地说:"你俩敢来老子这里捣乱!是不是活腻了?"

台下的人们都像舞台这边聚拢,把舞台围成了很标准的半圆形,他们屏息凝视着圆心位置上,这场没有剧本也没有彩排过的演出。

新郎双手紧握拳头,迫不及待地想教训眼前这两个"入侵者",他转头看了看陈瑜,似乎是在等陈瑜的表态。

陈瑜深深地呼了口气,然后闭上了眼睛,像是下了很大决心,说:"打!狠狠地打!打死了我来偿命!"

听陈瑜这么一说,新郎心里便更有底气了,他阴险地笑了笑,大声吼道:"保安!过来给我打!使劲打!谁打得狠,奖金一万!"

接到了主人的指示,几个五大三粗的保安将中方和毕越团团围住,拳头如雨点一般劈头盖脸地砸向两人,两人自然是寡不敌众,结果当然也毫无悬念,最后,两人是被医护人员用担架抬上救护车的。

直到第二天上午,阳光洒进了病房,两人才相继慢慢苏醒过来。

侧躺在病床上,中方问另一张床上的毕越:"你这么做,值吗?"

毕越瞟了中方一眼,说:"废话!谁让咱俩是兄弟?"

中方又问:"被打成这样你都不后悔?"

毕越不屑地说:"后悔?这两个字应该用在你身上更贴切吧,我受的伤只不过是肉体上的外伤而已,而你受的可是内伤噢!"

中方沉默了。

毕越知道自己说到了中方的痛处,不过他并不担心,因为他一向都是化解尴尬的高手。于是,他灵机一动,眨着被打肿了却仍不失天真的大眼睛,说:"送你一首本人原创的诗吧,临沭方言版的噢!"

中方轻蔑地说:"就你?还原创?"

毕越急了,说:"唉,你还别门缝里看我,把我看扁了。"

"我看扁你可不是从门缝看的,而是我的眼睛肿得也只剩一条缝了,哈哈哈。"

"咦——这笑话好冷啊!好吧,下面由伟大的诗人毕越亲自为你朗诵一首原创的诗。咳,咳,清清嗓子,听好了吭,名字叫《假如生活糊弄了你》:

假如生活糊弄了你,

别吱声,

别咋呼,

也别嘟囔,

更不要哭丧个脸子。

你就趴搁地上,

使劲朝前鼓呦,

一直鼓呦。

别管旁人怎么说,

你只管鼓呦。

赶明个儿,

你就会变成个有翅膀的扑拉蛾子。

到那时候,

你一扑棱翅膀子,

俺的娘嘞,

你说你想上哪去不,

想上哪去就朝哪飞。"

"哈哈哈,海燕哪!你可太有才了。"

"我也是这么认为的,英雄所见略同啊!"

……

在医院养疗养期间,中方几次想回乡下去看看日思夜想的姥姥,但思量再三,最终还是放弃了。他自我安慰说,以后有的是时间。

眼瞅着自己身上的伤一天天痊愈了,中方却不知道下一个驿站在何方,他在地图上努力搜寻着理想的目的地。突然,"苏州"两个字映入他的眼帘,说不清是因为儿时课本上"姑苏城外寒山寺,夜半钟声到客船"的那份意境,还是在"第七艺术"里对"姑苏十二娘"的一瞥,或是"人间天堂"苏杭,只去了其一的遗憾,他总觉得自己欠苏州一张车票,总而言之,那一刻,中方做了决定,就苏州了!

临行前,毕越递给中方一个精致的皮夹子。

中方接过皮夹子,疑惑地问:"这是啥意思啊?"

毕越笑了笑,故作神秘地说:"里面有我给你的人生智慧。"

中方急忙要打开一看究竟,毕越却一把握住了中方的手,说:"喂,你上了车再看会死啊!"

"你这乌鸦嘴,还没上车呢,就咒我死。好吧,听你的。"说完中方把皮夹子揣进了怀里。

上车了。

车开了。

车后面,毕越的身影越来越小,越来越小,终于消失了。

中方耐不住强烈的好奇心,赶紧掏出了皮夹子,想看看毕越又搞什么名堂。打开后,里面有一张对折的纸,纸上写着一行漂亮又洒脱的字:

抓不住的沙,不如扬了它!

中方会心一笑,话虽短,倒是挺有画面感,仔细一琢磨,倒也挺有道理。

二十　古城再相遇

当天下午,中方便抵达了那座充满传奇色彩的历史古城苏州。

徒步走在铺着青石板的古老巷子里,中方尽情地享受着这座历史名城的风韵。苏州,给中方第一感觉就是河多、桥多、巷多、古建筑多。

逛着逛着,中方来到了一个叫山塘街的地方,中间一条山塘河,两岸店铺住家鳞次栉比。前门沿街,后门临河,朱栏层楼,评弹笙歌,河上一道道石桥将两岸相接相融,桥上游人驻足,桥下船只来往穿梭,时间在这里仿佛搁浅了。

此情此景令中方也奢侈了一回,他花钱租了条乌篷船。撑船的是位老大爷,戴着斗笠,披着蓑衣,跟诗中走出来的一样。

船儿在河中缓缓向前,也不知道转了多少个弯,中方都有点转向了。他问撑船的大爷:"大爷,这条河这么长呀,走了这么久都没用调头?"

大爷笑呵呵地说:"苏州的河呀,都是联通交错的,不论咱这船向哪边移动,都在河网里面。"

"哦,原来这样子,好神奇啊,哈哈。"

夜幕悄悄降临,两岸亮起了灯笼,一个个如同羞答答的姑娘,穿着火红的衣裳,把苏州的夜点缀得实在太美了,美到用任何华丽的词藻来形容,都感觉欠缺那么一点点。

船儿飘进了一小片荷花荡,船桨激起的涟漪层层荡向浮在水面上的荷叶,荷叶轻轻摆动,星星在水里的投影也随之若隐若现,飘忽不定。

好不容易,水面才恢复了平静,几个淘气的少年蹲在岸边的石阶上拨弄着河水,试图抓住水中的星星,中方真是羡慕极了他们的单纯和天真。

船儿继续向前,微风携着淡淡荷香拂过脸庞,惬意而沁人心脾。

船桨在水中奏出美妙的和弦,中方站在船头向前方眺望。

不远处,一户人家的窗户"吱悠"一声被推开了,那是两扇对开的雕花窗。

船很快就飘到了雕花窗前,当中方和窗里的女主人四目相对的刹那,他惊呆了,窗内站的不是别人,正是在杭州日本料理店门口为自己解围的那个连衣裙姑娘。

中方激动地说:"罗燕,这么巧!"

姑娘微笑着说:"天意吧!"那笑容一如水面上清新的荷花。

中方好奇地问："你住在这里?"

"对呀,这座老房子是我曾祖父留下来的,我祖父那一代在战乱时期搬到了台湾,我虽然也生长在台湾,但从小就对祖籍苏州充满了向往。大学毕业后,我如愿以偿来到了这里,现在,我经营着一家餐厅,名字叫'两岸共食'。对了,你是哪里人啊?"

中方憨笑着回答说:"噢,我老家山东的。说实话,真没想到在这会遇见你!"

"人生最美莫过于像现在这样,不期而遇。既然天意如此,纵然还要再别,也不要辜负了相遇,上来喝盏茶呗?"

中方羞涩地挠了挠耳根。

老大爷也看出了中方的心思,便顺水推舟地说:"去吧,年轻人。"

人在遇到尴尬的时候,往往都是找台阶下的,而中方却是找台阶上,老大爷的话变成了最理想的台阶,于是中方说:"那恭敬不如从命了!"

离窗不远的地方,就是老房子的后门,姑娘热情地推开了门,中方拾阶而上,老大爷笑呵呵地撑着船离开了。

这是一座传统韵味十足的老房子,雕窗画栋,巧夺天工,八扇连体屏风上雕画着清明上河图,栩栩如生。红木家具,墙上字画,案上奇石,处处都透露出主人的品味高雅。尤其特别的是这老屋里的灯,经过精心设计后,全都隐藏在花里、草里、工艺品里,丝毫看不出电线的痕迹。客厅正中间摆着一件用树根雕的茶几,把树木的原始之美展现得淋漓尽致,婀娜多姿的造型让整个房子都显得意蕴灵动。茶几上摆着一套紫砂茶具,茶壶里微微冒着热气,像是专门守候某人的到来似的,围着茶几放着四个用树根做的矮凳,中方忍不住上前用手抚摸着,手感细腻而光滑。

罗燕笑着说:"坐呗!"

中方点点头:"噢,好,谢谢,你……你很喜欢喝茶啊?"

"对呀,喝茶,其实是一门艺术,你就说'茶'这个字吧,多形象啊,草木之中有一人,所以,我们闲暇时不妨放下身心,融入自然,沏上一壶,慢慢品味。"

"还有这么一说呢,长知识了。"

罗燕斟满了两杯茶,然后将其中一杯递给了中方,说:"人其实就如同这水中茶叶,年轻时浮在水上,年老了就沉到了水底,在浮沉的过程中释放着清香。"

一股茶的清香扑鼻而来,和罗燕的话一般,令中方耳目一新。

他称赞罗燕说:"真是听你一席话,胜读十年书啊!"

罗燕谦虚地笑着说:"过奖了,言为心声吧。对了,你相信缘分吗?"

中方想了想,说:"之前不相信,现在有点信了。"

罗燕优雅地端起茶,呷了一小口,然后像一位哲学家似地说:"全世界这么多人,能生长在同一个国家,那很自然。中国这么大,两个人能萍水相逢,那也纯属偶然。可茫茫人海,能够再次相遇,都是缘分使然了,倘若仅此而已那也罢了,可如果这两个人在素未谋面之前几年,就有过生命的交集,那你说这叫不叫命中注定呢?"

"你这说的谁啊?"

"我们俩啊!"

"我们俩?不会吧!几年前我在山东,你在台湾,有海隔着呢,怎么可能会有交集?"

"那不叫有海隔着,那叫有海连着。上次在杭州时,我就觉得你很眼熟,但当时时间仓促,没反应过来。"

中方疑惑地说:"我还是有点听不明白。"

罗燕接着说:"二〇〇六年的秋天,我母亲突然病逝,当时我根本无法接受那个残酷的现实。有一天,我独自来到海边,打算投海自尽,追随母亲而去。千钧一发之际,一个瓶子被浪花推上了岸,里面有很多折叠的小星星,还有一张照片,我便捡了起来,取出照片一看,那是一张朝气蓬勃的脸,掩映在绿草之间,有没有印象?"

中方努力从记忆里搜索着相关信息,终于,他恍然大悟,难道是自己在抱子沟里扔的那个瓶子吗?抱子沟流入沭河,沭河注入黄海,黄海连通着东海,理论上是说得通,可现实中也有点太匪夷所思了吧。为了确认,他小声问罗燕:"那照片上还有什么?"

罗燕微笑着说:"照片的背面写着一句话,别怕面前的阴影,那是……"

"那是因为背后有阳光。"中方脱口而出。

他俩你看着我,我看着你,笑了。

罗燕感慨地说:"我当时想,这也许是天意吧,于是便放弃了轻生的念头。那张照片我一直都珍藏着呢。"说着她把那张照片放在了茶几上。

照片里,中方的脸上充满了稚气,如同刚才荷花荡边戏水的少年。

等两颗心渐渐平静下来后,罗燕问中方:"对了,你们影楼放假了吗?"

中方摸着头,难为情地说:"我,辞职了,不在那干了。"

罗燕又问:"那现在呢?"

"现在啊,呃,打算在苏州找一份工作。"

罗燕不假思索地说:"那你干脆来我店里上班好了。"说完她自己也意识到有点唐突,于是又补了一句:"前提是如果你愿意的话。"

中方想都没想就答应说:"我愿意!"好像生怕罗燕会反悔似的。

不过想想也是,对于一个工作没着落的年轻人来说,如此才貌兼备的美女老板向自己抛来橄榄枝,试问换了谁会拒绝呢?

那一夜,两个人聊了很久,聊自己、聊对方、聊大陆、聊台湾、聊过去、聊未来。

中方还借着灵感写下了几句小诗:

有一种默契叫心照不宣,

有一种感觉叫妙不可言。

有一种缘分叫相见恨晚,

有一种幸福叫与你相伴。

在罗燕的安排下,中方第二天下午便去了餐厅。

餐厅位于苏州古城区最繁华的观前商业圈,这里商铺林立,美食荟萃,游人如织。

店面的装修别具一格,尤其是广告牌,用绿色的草铺底,中间用红色的花拼成中国地图的形状,地图中间是四个金光闪闪的隶体字"两岸共食"。

步入店里,花草芬芳,流水潺潺,藤蔓绕梁,桌椅都是用原木做的,分布在花草间,原始中透着细腻。

中方忍不住赞叹:"好漂亮啊!"

罗燕倒是也没谦虚,说道:"大家都这么说!我们这是自助餐厅,每人花一百五十块钱,就可以尽情享用这里所有的美食,咱的菜品总共分九类来摆放的,简单地说,就是八大菜系加上台湾小吃。"

"八大菜系?"

"对啊,**八大菜系,鲁、川、粤、苏、闽、浙、湘、徽**,但由于每个菜系的菜品种类都特别多,所以我们只选取了其中的经典菜品。"

中方傻傻地点着头,顺着罗燕指的方向看去,果然,自选区正上方悬挂着一排小灯笼,灯笼上写着相对应的菜系,菜都放在精致的托盘里,冷菜鲜嫩清爽,热菜热气腾腾,这样一来,尽管菜品繁多,却能一目了然,便于选择。

中方走到了台湾专区,只见一个个标注着菜名的小牌子斜倚在容器前,什么蚵仔煎、甜不辣、润饼、烧仙草、花枝羹、猪血糕、布丁豆花,再往边上还摆放着台湾特有的水果,像是莲雾、释迦、凤梨、芭乐、番石榴、葡萄柚,五彩斑斓,娇艳欲滴,光看着就是一种享受。

中方突然想起了什么,回头问罗燕:"那我在这里能做什么?"

罗燕莞尔一笑,说:"现在正好缺一个调度。"

"调度?"

"没错,调度,主要内容就是哪样菜品缺了,你及时把信息反馈给后厨,还有,结束营业前,统计好次日需要采购的商品。你就先委屈在这里干着,倘若什么时候找到了更合适的工作,你随时可以离开,我也不硬留你,毕竟你学的是艺术。"

"才刚来呢,就准备撵我走啊。"

"没有没有!"

"哈哈,开玩笑的。"

……

于是,中方开始了一份全新的工作。

二十一　夭折的爱情

有时候,时间就如同一张网,你把它撒在哪里,收获就在哪里。例如中方,他把所有的时间和精力都投入到了自己的工作中,很多菜品开始写在纸上照着读都生疏,后来却能脱口而出。他还学尽其用,最大程度上挖掘自身的艺术潜能,时不时设计出一些别出心裁的广告,其中最有代表性的就是,他把自己对八大菜系的感悟总结成了几句心得,印成广告贴在了玻璃窗上,上面是这么写的:

鲁菜,仿佛君临天下的北方帝王,

川菜、湘菜,就象丰富充实的名士,

粤菜、闽菜,好比风流儒雅的君子。

苏菜、浙菜、徽菜宛如清秀素丽的女子。

刚开始罗燕并没觉得有什么改变,可怀才就像怀孕,时间久了,总能让人发现。餐厅的生意蒸蒸日上,顾客数量与日俱增,营业额节节攀升,罗燕才真正意识到中方身上潜在的价值。而有才之人必是惜才之人,罗燕自身就是个才女,只不过一直没遇到志趣相投的人,中方的出现对她而言,就像是从天而降的礼物,既是她的左膀右臂,又是他的良师益友,还是她的知己闺蜜,不断地给她带来惊喜。

在那段日子里,罗燕最享受的

事情就是闲暇时在老宅子里让中方给自己画画,或站或坐或躺,听着铅笔在画纸上美妙的摩擦声,罗燕感觉像是做梦,无论中方怎么画,她都喜欢,但她最喜欢中方把自己画成卡通里的美少女,为此,她经常换造型,她把每一幅都细心地收藏了起来。

一个飘着毛毛细雨的晚上,餐厅打烊后,中方跟往常一样上了罗燕的车。

罗燕在前面开着车,中方在后座欣赏着窗外千年古城的夜,细雨中的姑苏城朦胧,缥缈,神秘,梦幻,像罩上了一层美丽的面纱,空气中弥漫着淡淡丁香花的味道,溶在雨丝里,从窗口飞进来,亲吻着中方的脸,芬芳又醉人。

车,穿过花香,最后停在了巷口的小型停车场里,中方撑开了一把江南水乡所特有的油纸伞,和罗燕两人挤在伞下,走在古老的青石板上,这千年的小巷就像一首沧桑的诗,诗中还透着些许浪漫。

罗燕推开了门,却没有开灯,中方猜想,或许是她太累了,懒得自己开了吧。可就当中方的手刚触碰到开关,还没来得及打开的时候,一只柔软的玉手却贴在了他的手上。

"别!"罗燕神秘地说,说完她便向里面走去了。中方的手放在开关上都没舍得动,另一只手则用力地抓住门框,尽可能地让自己站稳,尽管只是瞬间的倾城温暖,却足以令中方心里兵荒马乱。他觉得浑身上下的血此刻都在往脸上涌,连呼吸也变得急促起来。

"嗤——"罗燕划着了一根火柴,豆粒大的小火苗让人有种久违了的温馨,中方早已记不清上次使用火柴是自己多大的时候了。只见火柴慢慢靠近蜡烛,可爱的"小豆粒"从火柴上转移到了蜡烛上,火柴也随即被轻轻甩灭,丢在了地上。未燃尽的火柴梗像一条通体发光的小虫,躺在地上使劲地呼吸着空气,释放着最后的余热。

蜡烛顶端的"小豆粒"慢慢长大成了"花骨朵儿",房子里的陈设也渐渐依稀可辨。原来,蜡烛是插在一个蛋糕上的,蛋糕就放在那个大树根茶几上,蛋糕周围还布满了鲜花,难怪一进门就花香扑鼻。

"花骨朵儿"开始躁动不安地跳动起来,如同中方此刻的心一样。

中方小声问:"你的生日?"

"不！是你的生日！"

中方这才恍然大悟,原来今天是自己的生日啊！说真的,蛋糕中方倒是吃过几次,不过全是在别人的生日上,自己还从未真正过过一回生日呢！如今面前这位楚楚动人的美女老板竟然花费心思为自己庆祝生日,这幸福也来得太突然,太隆重了,自己都有点手足无措了。

他看着罗燕,感动得热泪盈眶,嘴唇动了动,却欲言又止,也许,此时无声胜有声。

罗燕招了招手,示意中方过去。

中方慢慢地走近,借着烛光,一个造型别致的大蛋糕便完美地呈现在了他的眼前,雪白的奶油做底,上面用五彩缤纷的水果精心雕琢成中国地图的造型,最值得一提的是,特意用火龙果的种子标出了我们的钓鱼岛和南海诸岛,真是细致入微啊！

中方的感动和感激自然不言而喻,他心里暖暖的,鼻子却酸酸的。

"生日快乐！"

简单的四个字让中方眼中的暖流奔涌而出,或许是怕被罗燕看见,他连忙凑上前吹灭了蜡烛想借黑暗以掩饰。可就在这时,不可思议的事情发生了,黑暗中天花板上神奇地出现了璀璨的星空,亦真亦幻,北斗星和北极星清晰可辨,整个星空还在缓缓地转动,无声地诠释着什么叫"斗转星移",那一颗颗一闪一闪的小精灵把浪漫发挥到了极致。

两个人对视着,在对方的眼里阅读着彼此的内心。

中方的脸滚烫。

罗燕忍不住笑了,说:"你的脸怎么那么红？"

中方激动地说:"你……你的不……不是也一样吗？"

罗燕娇羞地低下了头,然后拿起身旁矮凳上一个手提袋递给了中方,说:"生日礼物！"

中方接过来,猜想着里面会是什么,手表？玉石？腰带？好像都不符合罗燕的品味。他屏住呼吸,把手伸进手提袋,令他意外的是,摸出来的竟是一件衣服。不过中方知道,以罗燕的办事风格,绝对不会如此简单,于是他轻轻地将衣服展开。

原来,这是一件白色圆领的T恤衫,图案是一幅红色的"中国地图",不过与众不同的是,这幅地图上少了台湾,他不禁纳闷地问:"诶,台湾哪去了?"

罗燕神秘地说:"你穿上它,就能看到台湾。"

中方半信半疑地脱下了身上湿漉漉的衬衫,取而代之,换上了手里的这件新的,然后低头在衣服上寻找台湾的影子,嘴里说:"没看到啊!"

罗燕微笑着说:"在我这呢!"

中方抬起头看向罗燕,只见她轻解罗裳,并任由其滑落在地上,里面露出一件和中方身上款式相同的T恤衫,而上面的图案正是中方没找到的"台湾","台湾"下面还绣着几个字:"我永远是你的!"

中方这才反应过来,原来这是一套情侣衫,一语双关的创意设计,真是令人拍案叫绝,而罗燕的心意也是不言而喻了,这是她在含蓄地表白吧。

那一夜,中方把人生的第一次毫不保留地献给了罗燕,说得准确点,是人生第一次与异性一起喝酒。在那之前,他只和毕越喝过一次,平时他滴酒不沾,甚至有时跟朋友开玩笑,说自己只要闻到别人打个酒嗝,都能醉晕过去。

其实,罗燕同中方一样,也不胜酒力,很快,他俩便醉了,趴在茶几上,双双酣然入睡。

到了后半夜,两个人相继歪倒在地板上,最后竟然抱到一起,而两个人却全然不知。

直到第二天上午十点多了,两人依然没有醒,并且越抱越紧。

"罗燕!罗燕!"

吼声把中方惊醒了,他费劲睁开仿佛被胶水粘住的眼睛,天花板上的星星早已不见了踪影。

他转头向旁边看了看,这一看吓了一跳,旁边站着一个陌生的中年男人,正怒气冲冲地瞪着自己。

中方惊恐地问:"你谁呀?"边问边试图从地上坐起来,无奈罗燕的胳膊把他搂得太紧了,尝试了几次都没成功。

陌生男人瞟了中方一眼,不屑地说:"我是谁? 这句话应该是我问你才对吧!"

中方隐隐感觉到,这个陌生男人肯定和罗燕有某种关系,难道是她爸罗进民?想到这,中方有种不祥的预感,因为之前就听罗燕提到过,说她爸如何如何严厉,于是他赶忙晃了晃罗燕。

罗燕终于醒了,她眨了眨惺忪的睡眼,含糊不清地问:"几点了?"

没人吱声。

罗燕这才发现,自己的胳膊正紧紧地搂着中方的脖子,她下意识地缩了回来。

中方得以坐了起来,他朝罗燕使了个眼色,示意她往旁边看。

罗燕一脸茫然地往旁边一看,着实吓了一跳,慌张地说:"爸,你怎么来了?"

听到罗燕喊那人"爸",中方的头嗡的一下,果然不出所料,这下可怎么收场?他尴尬地低下了头。

罗进民听女儿这么一问,更生气了,说:"还我怎么来了,我再不来恐怕是连外孙子都有了吧?"

罗燕一边坐起来整理着衣服,一边说:"你说什么呢?爸,你误会了!"

"误会?是吗?!"罗进民越说越来气,指着罗燕和中方颤抖地说:"你们嫌不够恶心,还写在衣服上,老祖宗都要你们给丢活了。你们俩自己看看,这……这成何体统,你们才多大点毛孩子!"

罗燕小声地嘀咕了一句:"那我曾祖父才十八就有了祖父呢。"

"那个能跟现在比吗?那是大陆沦陷以前的事了。"

中方插了一句:"叔叔,那不叫沦陷,叫解放!"

这下可把罗进民彻底给激怒了,他指着中方说:"大白天冒烟,你算哪门子鬼火?我来问问你,有房吗?"

中方羞愧地说:"没有。"

"有车吗?"

"没有。"

"有存款吗?"

"没有。"

"这也没有,那也没有,没有专业户呢你!那现在从事什么工作?"

"在罗燕的餐厅上班。"

罗进民冷笑了一声,说:"什么?我没听错吧!"

罗燕大概觉得她爸爸有点过分了,便说:"没错!他在我那上班!"

罗进民讽刺地说:"我的女儿什么时候口味变得这么重了?竟和自己的员工!我奉劝你,别错把新鲜当作爱情,这可是一辈子的大事,怎么可以如此草率。咱台湾要是没你喜欢的,你大可以找日本的、美国的,可你现在整这么一出算怎么回事?"

"爸,你怎么能这么说呢!我喜欢什么样的我自己心里最清楚了。"

"你清楚?我看你是陷入了他的精心设计,鬼迷心窍了吧!"

"爸!"罗燕又急又气,眼泪汪汪的。

罗进民却毫不理会,说:"不过想来也是,一个一无所有的穷小子,如果有幸能娶到你,那可是什么都有了。除非你爸我死了,否则,绝不可能看着你如此胡闹!你记住,一个靠女人吃饭的男人,是不可能让你幸福的!"

罗进民的话杀伤力极强,深深地刺痛了中方的心,气氛压抑得令人窒息。

中方慢慢站起来,失落地说:"叔叔,你们先聊,我走了。"说完便向门外走去。

罗燕连忙爬起来,追了过去,问中方:"你去哪啊?"

罗进民大吼一声:"你给我站住!你今天要敢走出这个门,就别认我这个爸!"

罗燕纠结地站在那不动了。

中方终于逃离了那个缺氧的空间,外面的空气新鲜多了,他深吸了一口,仰起脸,尽量不让眼泪滑落。自卑、羞愧、无地自容,总之,他的自尊心早已被罗进民践踏得支离破碎,同时,他也重新认识了自己,罗进民虽然言辞激烈,不过并没有说错啊,自己可不就是一个一无所有的穷小子吗?

二十二　精心的阴谋

中方走在街上,现实和人生同时失去了方向,当他走到狮子林附近的时候,一辆公交车开了过来,站台上很多人都往上涌,中方想,反正也没地方可去,干脆也上车算了,就当它是个廉价的观光车好了,书上不是说吗,每一段未知的旅程都会给你带来意外的惊喜。

投币上了车,中方在后面一个靠窗的空位坐了下来,呆呆地看着窗外。

车窗外的风景从古色古香的老城区渐渐变成了高楼林立的新城区,车里越来越挤。

可是突然有一站,拥挤的车厢一下子变空了,人们蜂拥而下,出于好奇,中方也跟着下了车。

原来,这里是一个商业广场,广场中间的顶楼立着四个大大的金属字——联丰广场。字下面的墙上一幅彩色大型喷绘写着:"苏州的徐家汇,园区的新观前。"

走进广场,各种店铺应有尽有,来往的顾客摩肩擦背,人头攒动,各式各样的小吃香味四溢,叫卖声、谈笑声、讨价还价声,声声不息,此起彼伏。

中方发现了一个有趣的现象,那就是在这里和山东沾边的小吃可真多,山东菜煎饼、山东烧饼、山东凉菜、山东水煎包、山东大肉面……满眼都是。

"来个煎饼呗?小伙子。"在一个写着"正宗山东杂粮煎饼"的摊子前,女摊主喊住了中方,她身上系着一个蓝色碎花围裙,年龄看上去并不比中方大多少。

被她这么一喊,中方还真有几分饿了,一看又是老乡,便点点头答应了。

于是女摊主立即从桶里舀了一大勺面糊,倒在滚热的鏊子上,然后娴熟地用刮板摊了起来。

中方好奇地问女摊主:"你是山东哪的?"

摊主笑着说:"临沂的。"

"那么巧!俺也是临沂的,那你是临沂哪的?"

女摊主支支吾吾地说:"呃,临沂哪的呢,我想想。"

中方乐了:"你还真幽默嘞,老家是哪的都忘了。"

女摊主忍不住也笑了,说:"哎呀妈呀,撞枪口上了,不瞒你了,其实我是东北那旮瘩的,这不是联丰广场周边都是你们山东人吗,挂这个牌子,顾客就多呗,但你可放心吧,就咱这煎饼做的,那是杠杠的,绝对正宗!"

鏊子上的煎饼已经成型,女摊主把鸡蛋打在饼上,摊开拌匀后,用小铲子把煎饼从鏊子上铲离,熟练地翻了过来,半熟的鸡蛋被灼热的鏊子烙得嗞嗞作响。

"辣椒吃不?"

"嗯,少放点吧。"中方嘴上答应着,脑子里却浮现出一连串的画面:自从常林商城拆迁改造后,就摆不了摊的妈妈,姥姥独家秘制的各种小吃,每天给餐厅送菜的老乡,罗进民的嘲讽,还有眼前随处可见的山东招牌。此时,一个大胆的计划在他心里悄悄地酝酿,没错!何不利用自身资源和优势来这里做生意呢?

梦,一旦发了芽,就会一发不可收拾,但是,梦总归是梦,真正要做生意可不是一句话两句话的事,更何况是在苏州这种大城市。退一步讲,就中方手里那点积蓄,是断然不敢轻易冒险的,因为一旦做不起来,将会血本无归。

人啊,就如当年中方画素描的那支铅笔,一开始很尖,经历的多了,也就变得圆滑了。中方多留了个心眼儿,先考察几天,最起码先摸清这里顾客的口味喜好、消费能力和营业时间段,还有就是如何租到摊位,再决定要不要做。

杂粮煎饼还没吃完,手机就响了,中方一看,是罗燕的。他犹豫着,但终究还是接了。

"喂?"

"你去哪了?"听得出来,罗燕语气里透露着几分着急。

"我……我……我回老家了。"

"回老家了?别骗我了!我知道我爸有点过分,但你要相信我,我会让他慢慢接受你的。"

"我没骗你,我真回老家了。我姥姥病了,我想回去照顾她,因为我是她老人家带大的。"

"哦,"罗燕沉默了几秒钟,"那你什么时候回来?"

"到时候再说吧!"

又是几秒钟的沉默,"噢,那好吧"。

挂了电话,中方陷入了深深的自责,因为他不仅撒谎骗了自己喜欢的姑娘,还把疼爱自己的姥姥搬出来诅咒,可他也很清楚,天壤之别的家庭背景和经济实力,注定了自己对罗燕只能望而却步。可是,生活依然还要继续,于是,中方把手中剩下的一口煎饼塞进了嘴里……

夜里的联丰广场灯火通明、人声鼎沸,热闹程度丝毫不比白天逊色,甚至有过之而无不及。小吃一条街上,烟雾缭绕,宛若人间仙境,在中方眼里,这简直就是小生意人创业的天堂。

他仔细认真地观察着每个摊子的大小位置、经营项目和人流量,当然,偶尔也会买一些尝尝。等后半夜,做生意的都收摊儿了,中方就在网吧的沙发上打个盹,算是休息。

此外,中方还发现了一个好去处,那就是和联丰广场仅一路之隔的荷花公园,夏夜里的荷花公园被各种造型的景观灯装饰得如梦如幻。池塘里长满了荷花,有的已经全开了,有的含苞待放,还有的刚开出两三瓣,它们就像一个个披着轻纱的仙女,亭亭玉立于水面之上,娇羞含语,嫩蕊凝珠,盈盈欲滴,清香阵阵,当然了,红花还需绿叶配,一片片碧绿的荷叶如同一只只翡翠玉盘,托起冰清玉洁的荷花。

在公园最不起眼的一个池塘的边上,中方被一只小青蛙吸引了,小青蛙坐在一片荷周边长着嫩嫩的青苔的荷叶之上,它的叫声里充满了催人奋进的力量。中方悄悄地走近它,它却并没逃跑,依然亢奋地叫着。

中方觉得自己和这小青蛙一样,虽然是孤身一个,但仍然为了心中的梦想而勇敢地歌唱着。

学习、借鉴、体验、感悟、总结,中方每天如此,连续考察了十天,最后,他觉得,如果能把老家的炸串卷煎饼复制过来,肯定能火,原因有好几个:一是目前为止,联丰还没有这种吃法,二是这边容易买到卷串的煎饼,三是这里老家人多,肯定认这种吃法,四是妈妈有做小生意的经验,轻车熟路,五是可以加入姥姥秘制的酱料,做出与众不同的味道,六是投资成本不高,万一赔了也不要紧。他把这些想法在电话里跟妈妈一说,娘俩一拍即合。

两天后,妈妈便坐车来了苏州。

又经过了一个星期紧锣密鼓的准备,于是联丰广场便多了一个卖卷饼的摊位,就如当年妈妈的菜煎饼一样,由于中方用的都是真材实料,又物美价廉,再加上是独家经营,刚开张几天就火得一塌糊涂,营业额与日俱增。当他们每天能卖到一千的时候,娘俩实在忙不过来了,一番合计之后,把在家等候消息的父亲给喊来了。起初,父亲还不相信,怕是娘俩被传销组织给控制了,因为在他的观念里,外面的钱哪有那么好赚,后来听娘俩说的有鼻子有眼的,便也来了苏州。

多了一个人的效果是显而易见的,之前顶多只能卖一包饼,之后轻轻松松一包半。

中方开始了一种全新的生活,他换了新的电话号码,经历了那么多以后,他只想过安静的生活。

中方原本以为时间是最好的偏方,不曾想,它医好的却只是皮外伤。

生活挺充实,心却空空的。中方好几次想拨通那串解密思念的号码,但每每拨到一半就放弃了,因为他知道,他和她是不会有结果的。可是,愈是强迫自己忘记,愈是记得清晰,那种自欺欺人的虐心,折磨着中方。他知道,十公里外的姑苏老城区,肯定也有一颗心忍受着同样的煎熬。

歌曲,真是一样神奇的东西,开心的时候,唱的只是旋律,伤心的时候,才真正读懂了歌词。有时候,人会因为听到一首歌而为之动容,那是因为歌曲唱出了生活中的自己,唱出了自己的过去,唱出了自己的难过和忧伤。

那一年,就有那么一首歌,中方仅仅听了一遍,就迷上了,他觉得那首歌仿佛就是为自己量身而作的。那是在荷花公园里跳广场舞的大妈那边听到的,歌是这么唱的:

摇那叶乌篷船飘进荷花荡,
翩翩的少年郎拨动起星光。
我在桨声灯影中远远眺望,
谁又推开那一扇雕花的窗。
撑那把油纸伞走过青石巷,
诗中的你和我还是旧模样。
我用一生的时光,默默守望,
能不能读懂你如水的忧伤。
再别那条落花的雨巷,
我还是你那幽幽的丁香。
千年的烟雨染白月光,
何时才能做你梦中的新娘。
再别那条相思的雨巷,
你还是我那淡淡的丁香。
昨夜的落花依旧芬芳,
又把我带进那梦里的水乡。

那婉转的旋律,那忧伤的歌词,一下子就把中方的心牢牢抓住了,往事片段历历在目。

中方幻想,会和罗燕在街的拐角或者别的什么地方再次不期而遇,尽管他也知道,那种几率微乎其微,但就如同看过电影《二〇一二》的人,明明知道玛雅人的预言不会应验,但还是激动地翘首以盼。

说着说着,还真到了电影中的那个日子:二〇一二年十二月二十一日。

那天,中方家的卷饼摊一直摆到后半夜才收,所以他亲眼看见广场上很多善男信女们在半夜十二点过后,长吁了一口气,如释重负。世界末日的预言彻底地在噼里啪啦的油炸声中烟消云散了。

到了凌晨三点多,摊子上的串已经所剩无几了,中方熄了火,开始收摊了。一家三口井井有条地忙着各自的那套活。

就当中方正在数钱的时候,一个身影站在了摊子前面,中方头也没抬地说:"收摊了,明天再来吃吧!"

可那个人似乎无动于衷。

中方提高嗓门又说了一遍:"收摊了,明天再来吃吧!"

那个人还是没走。

中方不禁抬头看了看,这一看吓了一跳,站在摊子前的人竟然是罗燕。她看上去瘦了,也憔悴了,但她的微笑依然那样醉人。

中方一时间有点手足无措。人往往是这样,不管事先在脑子里彩排过多少次可能会发生的各种情节,可等真正上演了,却忘词了。

愣了半天,中方才开口:"你怎么找来的?"

罗燕看着中方的眼睛说:"世上无难事,只怕有心人。"

中方羞愧地低下了头,因为当时自己骗罗燕说回家照顾姥姥,现在穿帮了,真是尴尬到无地自容。

妈妈见儿子有朋友来了,便说:"我和你爸收拾就行了,你和丫头一块儿上公园那边转转呗?"

罗燕连忙摇摇头,说:"阿姨,不用,别耽误你们干活。"

"没事儿,都快收拾完了。"说着妈妈掐了中方一下,暗示他主动点儿。

于是,中方和罗燕一前一后,从联丰广场走到了荷花公园。

虽然苏州地处江南,但毕竟已过了冬至,难免有几分寒意。一阵凉风吹来,中方脱下外套,披在了衣着单薄的罗燕身上,昏黄的路灯下,两个人终于拥抱到了一起。

"你知道吗?你离开以后,观前街虽然还是那么拥挤,可我却觉得整座城市都空了,空得没有你。难道你觉得,就这么放弃这段来之不易的缘分,不可惜吗?"

听着罗燕在自己耳边充满委屈的诉说,中方惭愧地流下了眼泪,他轻轻地拍着罗燕的后背,说:"我也知道可惜,但是一份连家人都极力反对的感情,酿出来的必然也是苦果,所以我当时选择长痛不如短痛。"

"那你有没有考虑过我的感受?"

中方无言以对了,这两年的思念和压抑都溶进了止不住的泪水里,泪水顺着脸颊滑落,温暖了深冬的大地。

中方和罗燕的每一次相遇都是那么的出乎意料,备受煎熬的两个人因为联丰广场的这次见面而旧情复燃。但同时,也为日后的遭遇埋下了伏笔,因为这个世界上,除了灯笼之外,纸终究是包不住火的,有一个人他是不愿意看到这种发展趋势的。

自从罗燕知道了中方的落脚点后,约中方在荷花公园见面变成了家常便饭。尽管他们自以为做得很隐蔽,但频频见面的消息还是不胫而走,传到了在昆山经商的罗进民耳朵里。于是,一场精心策划的阴谋悄无声息地笼罩在了中方的头顶,就像一面大鼓,而中方,便被蒙在鼓里。

有时候,困难和不幸向你走来,那并不可怕,因为,你可以直面它们,可怕的是,它们不漏声色地潜伏在你身旁,伺机下手,让你猝不及防。

那是一个再寻常不过的晚上,一位不足为奇的顾客,只是与其他顾客不同的是,他买完了卷饼后,并没有急着走,而是笑着跟中方聊了起来:"诶?你好像经常在我们超市买东西吧?"

中方抬头打量了一下这位顾客,这是一个年轻帅气的男孩,眉目之间竟有几分貌似毕越,他身上穿的是离联丰不远的一家大型超市的工作服,中方确实经常去那个超市买东西,这工作服颜色再熟悉不过了,于是他回答说:"对啊,我经常去,谁不知道你们那物美价廉,有时搞活动,价格比批发市场还便宜呢!"

"怪不得觉得你很眼熟呢,我在里面当收银员,是兼职的,周末不上课的时候就过去。"男孩一脸阳光地介绍着自己。

"原来你是学生啊。"

男孩笑着点点头,说:"对啊!就在独墅湖高教区那边读书,我学的是美术,所以课余时间比较多。"

"啊?那么巧!我以前也是学美术的哎!"

"真的啊?是好巧,我叫修华,你呢?"

"中方。"

"那以后有不懂的地方就请教你!"

"这可不敢当,我学得早,早就跟不上时代发展了,怎么能跟你们比呢?"

"你真谦虚,诶,对了,"修华左右看了看,眼神中露出了一丝神秘,他压低了声音说,"你以后要买东西就到我那个收银台结账吧。"

中方笑着说:"到哪个不都一样吗?"

"那可未必!"说着修华绕过摊子,来到了中方跟前,凑到他耳边……

在小便宜面前,大多数人都会丧失抵抗力,中方也没例外。

第二天,中方如约来到那家大型超市,选了半购物车商品,远远地他就看到了修华,修华朝中方眨了眨眼睛。

中方紧握着购物车的抓手,在修华的那个收银通道排起了队,越往前挪动,中方的心越是忐忑不安。

终于轮到中方结账了,他的手心早已被汗水湿透,按照修华事先教他的,他故意留了几样商品没往台面上拿,直接把购物车向前推了一把,假装已经扫过条码了。

其他顾客只关注着自己选的商品,根本无暇注意中方的小动作,结果中方就这么顺利地通过了收银台。

兴奋之余,他有种负罪感。记得小时候,姥姥就经常对自己说,不想占便宜就吃不了亏,而现实却是自己没能抵御外界的诱惑。唉!这大概就是武侠小说里说的"人在江湖,身不由己"吧。中方甚至隐约感觉自己似乎找到了一条发财的捷径。

正当他沉浸在美好憧憬里的时候,安检警报器却一闪一闪地响了,一个守护在旁边的中年秃头男人看着中方,脸上露出诡异的笑,他一把抓住了中方的胳膊。

"干吗啊?"中方紧张地问。

秃头男人不屑地说:"干吗?你自己心里还不清楚吗?我是内保,跟我去办公室一趟呗!"

中方只觉得眼前一黑,头脑嗡嗡直响,稀里糊涂地就被带到了一间很小很小连窗户都没有的房间,也就是所谓的办公室。

在办公室里,中方怕连累到修华,只字未提他,只是说自己贪小便宜,一时糊涂。结果,他被警察带走了。

在派出所里,中方获得了一张被拘留五天的拘留证。这对于他来说,无疑是个晴天霹雳,虽说这些年过的也是一波三折的,但中方从未做过犯法的事,一张干净的人生白纸,就这么出现了一个大大的污点,中方一时半会还真的有点接受不了,他更不敢让民警通知自己的家人。

当天半夜,中方就被转到了拘留所,登记完个人信息和随身物品后,他被分到了一楼的一个过渡监室。

躺在床上,他辗转反侧,彻夜难眠。他看着外面被钢筋分成一块块方形格子的夜空,心潮澎湃。他能想象得出,自己突然就这么毫无征兆地人间蒸发了,家人会多么的着急。

天终于亮了,早饭时间过后,中方从一楼被转到了二楼的半开放监室。监室的干净明亮,跟中方印象中的监狱完全不一样,里面竟然连电视都有。

"怎么来的这里?"说话的是一个胖子,胖子坐在监室正中间的那张床上,前面放着一张桌子,肩膀上的红袖章印着"班长"的字样。

中方把手中的拘留证递上前去,放在了班长面前的桌子上。

班长接过去慢腾腾地打开看了看,又翻眼看了看中方,说:"哎哟喂!大学生啊,那咋还干起了连小学生都不如的事儿呢?"

中方默不作声,虽然他没有毕业证,可他在杭州期间自学了相关专业的大学课程,所以他一直把自己视为一名大学生,久而久之,习惯便成了自然,所以,在派出所的时候,他想都没想,就把学历一栏填了大学。

见中方不敢言语,班长乐了,说:"看你这小样,你要是大学生,那我就是研究生,哈哈,天天研究和谁生,研究能生个啥样的娃。"

监室里的人都笑了,中方也忍不住笑了。

班长脸一板,指着中方说:"你有什么资格笑?!一点规矩都没有,真以为老子没文化啊!跟你讲,老子没事的时候就研究三十六计,你犯的这个错就是三十六计里的暗度陈仓,知道不?只不过你失手了。诶,对了,你不是大学生吗?那我考考你,你来说说看,这暗度陈仓里的陈仓在当今的哪个城市?"

中方皱了皱眉头,想了半天,脸憋得通红也没答上来。

班长一拍桌子,得意地说:"**我就知道你答不上来,告诉你吧,陈仓就在我的**

老家,陕西宝鸡。连这个都不知道,还大学生呢? 我看你是猪八戒戴眼镜,冒充文化人。"

监室里一阵哄笑。

中方瞪着班长,敢怒而不敢言。

"咋的? 不服啊!"班长盛气凌人地指着中方问,见中方不敢吱声,他眼珠子一转,似乎又想到了什么好点子。只见他坏坏地笑着说:"不服没关系,那咱俩就比一下,还是三十六计,这样,我用二十分钟默写出来,然后你半小时内要是能背出来就算赢,不算欺负你吧?"

"那我要背不下来怎么办?"

"背不下来好办啊,你一个人打扫咱监室的卫生就行了。"

中方又问:"那我要是背下来呢?"

班长想了想说:"我打扫!"

从班长自信的表情里不难看出,中方赢的几率似乎很小,想想也是,要在那么短的时间内记住那么多的词汇绝非易事。但此时此刻,中方也没有更好的选择,只好硬着头皮答应了。

还别说,班长还真有两下子,他从抽屉里拿出一个本子,很快便在本子的反面默写出了三十六计,然后他胜券在握地将本子递给了中方。

中方接过来一看,那字写得工工整整,他忍不住称赞说:"你字写得真漂亮! 不仔细看的话,还以为是印上去的呢!"

"不用拍马屁,我自己也知道我的字写得好,反正你背不下来就打扫卫生!"

中方看着本子上这些耳熟能详的成语,似乎并不难记,可也正因为每个都太熟悉,所以记起来也更容易混淆或者遗漏。靠死记硬背显然不太靠谱,那有没有一种简单的速记方法呢?

中方一筹莫展的表情让班长对自己胜利更加胸有成竹了,他瞟了一眼旁边一个染着黄发的男孩,说:"小满,接杯水给我喝!"

黄发男孩谄媚地笑着答应:"好的!"

灵感在中方的脑海里一闪而过:"小满? 那不是二十四节气之一吗? 没错! 小学的时候就学过了,记得有那么一个口诀:春雨惊春清谷天,夏满芒夏暑相连,秋露露秋寒霜降,冬雪雪冬小大寒。提取了容易记的字重组成诗,对了,何不借鉴一下呢?

于是,本子上原本工整有序的成语,在中方的脑海里,却不停地松动、位移、碰撞、重组,几经修改,一首通俗易记的口诀便大体形成了,遗憾的是,余下了下两计不好搭配,突然,中方灵机一动,配上三十六计的出处三个字不就完美了吗?对!完美!

金玉檀公策,

借以擒劫贼。

鱼蛇海间笑,

羊虎桃桑隔。

树暗走痴故,

釜空苦远客。

屋梁有美尸,

击魏连伐虢。

中方再次检查了对照了一遍,确认无一疏漏后,便从容地对班长说:"背下来了!"

班长一愣,随即哈哈大笑,他指着中方对室友们说:"他说他背下来了,哈哈哈。"

室友们也附和着笑了,因为他们也觉得这是个不可能完成的任务。

中方把手中的本子还给了班长,说:"我是背下来了,只是顺序没有按照你写的这个。"

班长更乐了:"打乱顺序再背,那不是给自己添麻烦吗?不过没关系,你背,我来打勾勾,反正只要少一个就算你输!"

中方点点头,说:"那你听好咯,金蝉脱壳,抛砖引玉,借刀杀人,以逸待劳,擒贼擒王……"

中方背得挺流畅,班上倒是有点应接不暇,最终,他打了三十六个小勾勾。

在场的所有人都瞠目结舌,班长更是一脸错愕,意外的同时,也让他颜面尽失,于是他开始耍起赖了,他指着中方说:"你肯定作弊了!"

中方无奈地说:"你要这样就没意思了,愿赌服输!"

这时,只听窗外传来一句:"那个赌的,来!跟我到办公室来!"

循声望去,站在窗外的竟然是管教干部,没人知道他是什么时候站在那里的,不过看上去干部并没有生气。

班长连忙澄清自己:"报告干部,我可没赌!不信你问别人。"

干部微笑着说:"是吗?"

除了中方,其他人都点了点头表示默认。

"那刚才说愿赌服输的这位,你跟我来一下!"

中方不知所措地答应着:"噢,是!"

班长用威胁的眼神向中方传达着一个讯息,千万别说他的坏话,不然后果会很严重。

其实中方不知道,按照所规,干部原本也要找新进来的人例行谈话的,只是自己刚才班长的笑声太大,把干部给引来了,干部一直站在窗外默默地听着,当他听到中方把三十六背下来后,对中方产生了浓厚的兴趣。

中方跟着干部走进了位于楼道尽头的办公室,办公室不是很大,大概十几平方米,陈设清爽整洁,一个柜子,两张桌子,两把椅子。

干部坐了下来,从办公桌上一沓档案中找出了中方的那张,眉头紧锁地看着。

中方紧张极了,喘气都不敢太用力。

干部的目光从档案上缓缓移向了中方,他问中方:"你堂堂大学生,怎么还沦落到了这种地步呢?"

中方低着头,小声地说:"我进这里是有特殊原因的。"

"每一位来这里的学员都是事出有因,可这些原因往往都是你们事后才加上去的。"停顿了一下,干部问中方:"你学什么专业的?"

"美术。"

"还记得画笔怎么用么?"

中方真是羞愧难当,低头不语。确实,他已经很久很久没碰过画笔了。

干部从办公桌的抽屉里找出一支铅笔和一本信纸,放在了桌面上,然后,往中方这边轻轻一推,说:"那随意取材画一张呗,我们现在是谈心,你别把我当干部,就当我是你的朋友。"

中方咬了咬嘴唇,他没想到干部竟然如此平易近人,还把自己当做朋友,于是,他的紧张感也慢慢消退了,拿起了铅笔。

干部指着对面的椅子,说:"坐下呗,现在我可是你的朋友和观众噢。"

中方犹豫了一下,但他看着干部眼中的真诚和关爱,便坐了下来。可是问题又来了,画什么好呢?他无意中看见纸篓里有一个红色的烟盒,有了,就它啦!于是,他伸手把烟盒从纸篓里拿到了桌子上。

铅笔在信纸的反面"沙沙沙沙"地摩擦起来,很快,一个烟盒便跃然纸上了。

中方把"烟盒"递给了干部。

干部接过去一看,惊讶地说:"你太厉害了,真不敢相信这烟盒是竟然出自你手,你说你这孩子,有这么好的天赋,不珍惜利用,贪那点蝇头小利,犯得着么?"

干部的言语之中有种恨铁不成钢的情感。

中方听着听着,眼睛湿润了。

"看得出来,你挺有悔悟之心的。不过呢,你也大可不必把进过这里当成思想包袱。人生在世,谁能不犯错?但错了一定要改正,而且不能再犯同样的错。等出去以后,你肯定还会遇到新的困难和挫折,因为人生就是这样,即便你是一把光滑的刀,也会被生活磕得布满伤口,但不能自暴自弃,其实,你应该感到庆幸。"

中方不解地看着干部,说:"庆幸?"

干部点点头说:"没错!成功就好比是一颗粗壮的大树,未曾磨损的刀,看着锋利,却无法伐木。刀,磕伤了就是锯,伤口就是阅历和经验,它包含着韧性与力量,伐起木来会更容易。"

干部的一席话如梵音贯耳,中方紧锁的心结也随之打开。

四天后,中方重获自由。临走时,干部叮嘱中方:"出去后好好干,我看好你!"

中方点头答应着:"嗯!我会用实际行动来证明你没看走眼的,再见!"

干部摇摇头说:"最后两个字就免了吧,至少我不希望在这里再见到你。"

中方马上反应过来了干部的言外之意,很用力地吐出来一个字:"嗯!"

迈出拘留所大门的那一刻,中方有种脱胎换骨、重获新生的感觉,而这种感觉才持续了几秒钟就戛然而止,因为他发现,罗燕和罗进民正站在路对过看着自己。

罗进民指着中方跟罗燕说:"这回你亲眼看见了,该信了吧?"

中方这才恍然大悟,蹊跷冒出来的收银员修华,事先守候在那的内部保安,还有眼前早就什么都知道的罗进民,如果自己没猜错的话,这应该是一个局,而幕后黑手就是罗进民。假如真是这样的话,简直太可怕了,自己的生活岂不是一直处于别人的操纵和算计之中吗?中方心里这么想着,可又没有任何证据。他穿过马路,走到父女俩面前,冷笑着对罗进民说:"为了害我,您真是煞费苦心啊!辛苦你了!"

罗进民却装作无辜地说:"诶?你这话是什么意思啊?"

中方鄙夷地瞟了他一眼,不屑跟他争辩,转而对罗燕说:"我不想做任何解释,但我要跟你讲,有时候你眼睛看到的未必就是真相。"

罗进民大概是怕自己的阴谋被揭穿,还没等罗燕开口,他便迫不及待地说:"不得不承认,你还真是巧舌如簧、善于伪装啊,难怪把我女儿骗得神魂颠倒,说白了,她只不过是你的观众,看着你装纯从始至终,以至于你都沦落到这个熊样,她仍相信你前途无量。"

听着罗进民颠倒黑白地冷嘲热讽,中方无奈地摇了摇头,然后叹了口气,说:"我都已经掉进你的陷阱里了,你就别再落井下石了,高抬贵手放过我,成吗?"

说完中方转身走了。

罗进民仍不善罢甘休,在身后装腔作势地指着中方,说:"你别走哇,把话给我解释清楚了再走!你这个凹咖!"

面对这突如其来的情节,罗燕一时无所适从,直到中方越走越远了,她才反应过来,朝中方追了过去。

罗进民见状气愤地吼道:"你给我站住!"

但这次,罗燕没再听他的,头也没回地追了过去。

在街的拐角,罗燕终于追上了中方,他拉着中方的胳膊,气喘吁吁地说:"你别这样行吗?"

中方停下了脚步,转身对罗燕说:"你是不是觉得我还不够难堪啊?"

"可我真的什么都不知道啊!"说着罗燕低下了头,拉着中方胳膊的手也慢慢松开了,她捻着自己的衣角,说:"那,我现在还能为你做点什么?"

中方的心很纠结,但最后还是狠下心来,把脸转向一侧,违心地说:"你现在唯一能为我做的,就是走出我的人生。你和你爸整天让我这么往返于天堂和地狱之间,我真的受不了。"

罗燕慢慢抬起头,泪眼婆娑地看着中方,说:"我知道这肯定不是你的真心话,古人不是说吗,缘是天定,份靠人争,你真的甘心就这么放弃吗?"

罗燕的话像针一样,刺着中方的心。是啊!这该死的缘分,假如人生不曾相遇,缘分还是心中那美丽的童话该多好啊!而现实却偏偏是一本深奥又残酷的教科书。

中方沉默了,坚持还是放弃?他脑子里正在上演一场没有硝烟的思想斗争,终于在激战之后,他做了一个听上去很荒诞的决定:"这样吧,反正你我都还年轻,咱彼此给对方三年时间自由,倘若三年之后,你我都未遇到更合适的人,咱就再续前缘,你觉得如何?"

罗燕犹豫不决了,她一时也不知道该如何回答。

这时,罗进民开着车追了上来,透过敞开的车窗,他大吼一声:"上车!"

中方和罗燕转头一看,和罗进民虎视眈眈的眼神撞个正着。

罗燕咬了咬嘴唇,说:"我答应!那你可得记住你的承诺!"说完便向罗进明的车走了过去。

"砰!"的一声,车门重重地关上了!车,一溜烟疾驰而去,很快便淹没在了车流之中,马路边只剩下中方呆呆地站在那里,若有所失。

时间停不下脚步,生活还得继续。中方在公交站上了812路公交车。

车离家越来越近,中方的心却越来越忐忑不安,其实所谓的家,只不过是本地人用车库改造成的出租房,虽然不大,却很温馨。

门,虚掩着,从里面飘出阵阵食物的馊味,中方刚要推门进去,却又把手缩了回来,因为他听见屋里传来了妈妈的啜泣声,紧接着就是父亲的埋怨:"哭有啥用!这活不见人,死不见……唉!这要是回到老家,旁人问咱儿子呢,你看咱得怎么说!"

听声音,父亲应该是点燃了一支烟,吸了一口后,接着埋怨起来:"小时候他跟个草狗似的,可信话了,可谁知道,让你养着养着,给养成了狼狗,一说他眼一翻,啥事儿你都由着他作,这回可好,人都作没了。唉!反正俺不管,要是再等两天找不着,俺就卷铺盖回老家去!"

妈妈终于忍不住了,说:"你这是说的什么话!"

父亲拍了一下桌子,说:"还我说的什么话!你可知道咱老家的人怎么说你恁娘俩不?当初人家说恁娘俩干传销的,都怕我来了把我给卖了,你知道不!"

"嘴长在他们身上,爱咋说咋说,你不去找我不管,反正我还得出去找!"

中方知道,父亲的话虽然逆耳,但却也是实话。但有一点中方很确定,父亲不管做什么都是为了自己好。只能怪自己太不懂事,老是给家里添麻烦。

这时,传来了妈妈起身往外走的脚步声,中方本想退避到暗处,但为时已晚。门,开了,中方看见妈妈的眼里布满了红色的血丝。

而看到中方之后,妈妈情不自禁地掐了自己一下,确认不是幻觉之后,她疯狂地厮打着中方的胸膛,咆哮着:"你死到哪里去了!电话也打不通!你早晚把我折腾死你就高兴了……"

中方流着眼泪,默不作声。他发现妈妈又苍老了许多。

就在此时,妈妈的手机响了,她疑惑地走到床边,拿起手机,擦了擦眼泪,尽量让自己平静下来。

"喂?姐,有什么事啊?"

原来是大姨打来的。

"啊?你说啥?什么时候的事儿啊?"妈妈的语气和神态让中方和父亲有种不祥的预感。

果然,妈妈挂断电话后,痛苦地闭上了眼睛,接着就哽咽得不行了。中方大概也猜到了是什么事。

当天中午,一家三口就仓促地坐上了回山东老家的大巴。

二十三　此生的遗憾

　　一路上,谁也没说话。中方像被点了哭穴似的,眼泪怎么都止不住。跟姥姥有关的记忆碎片如冰雹一样劈头盖脸地砸来,他一时半会根本无法接受姥姥走了的事实。朦胧间,他看见了不可思议的景象:太阳从西边升起,落向东方;轰鸣前行的火车倒退回了家乡,他递回车票给售票员,放下了对外面世界的向往;抱子沟的水逆流而上;柏油路变得泥泞芬芳;蒲公英的种子从远处飘回,聚拢成伞的模样;炊烟袅袅下降,消失在地平线上;邋遢饼的香味飘返茅草搭建的厨房;他脱下新衣换上一袭旧装,静静地偎依在姥姥身旁,听她讲那过去淡淡的忧伤……猛地一个急刹车,中方才意识到,原来只是个梦,他真恨开车的司机,为何不让他多在梦里待一会儿?

　　几经转车,终于在天黑之前,抵达了那个久违了的小村庄。

　　中方搀扶着妈妈下了车,妈妈就像被抽掉了骨架一样,软绵绵地无法站稳。他们深一脚浅一脚地向姥姥的小院挪动着。

　　进出小院的人都已戴上了刺眼的白孝布,这个收藏了中方童年点点滴滴的小院啊,此时它却弥漫着浓浓的悲伤。

　　走进小院,那熟悉的花草树木啊,此刻却都埋怨地瞪着中方。还有那些曾经盛满人间美味的锅碗瓢盆,如今都已蒙上了一层厚厚的灰。

　　姥姥临走时该有多么希望见到自己啊!中方真的不敢再往下想。

　　妈妈刚走到姥姥的小屋门口,就瘫坐在了地上,动弹不得了。

　　看着姥姥静静地躺在床上,中方压抑了一路的悲痛瞬间迸发,他发疯地冲到床前,扑通跪在了地上,"姥姥啊!你睁开眼看看我啊!姥姥……"

中方不停地晃着姥姥早已冰凉的身体,哭得撕心裂肺,肝肠寸断,痛不欲生。

在场的亲戚们都知道,中方从小就是在这个小院里长大的,对姥姥的感情非同寻常,如果不让他哭出来,他会更加难受的,所以没有人上前阻止他。有的亲戚实在不忍心看下去了,抹着眼泪悄悄地出去了。

终于,他哭累了。抽泣着走出了小屋,再次回到这个阔别了多年的院子里。

记忆里,挂满了小红灯笼的山楂树,此时叶子也掉了十之八九,迟暮之年的老月季被风吹得花瓣凋零,枯萎的牵牛花藤蔓松松垮垮地附在墙上,摇摇欲坠。青石台上,孤独地躺着一条锈迹斑斑的铁链子,中方一眼就认出了,那是用来拴黑子的那条链子。黑子是以前中方家养的一条黑色的狗,后来全家都去苏州了,就把它送到了姥姥家。

满地的杨树叶,偶尔会随风起舞,中方捡起一片,捧在手心里,这多像儿时别在书里的那枚书签啊,他真希望能给自己的记忆也别上一枚书签,好让自己在翻阅某个片段的时候,能循着书签直接融进记忆里。

就是眼前这个小院,它沉积了姥姥大半辈子的寂寞。记得从前,每次来到小院,中方都会找个小板凳坐在姥姥身旁,听她讲那过去的故事,中方也会讲一些学校里有趣的事给姥姥听。而每次离别时,姥姥总会站在巷口的老树下,一手扶着树,一手向中方挥别,一直挥到中方的身影变得模糊,直至消失。姥姥知道,这条土路连着赶集的大路,也知道大路连着镇上的柏油路,但她不知道柏油路连着哪个火车站,更不知道火车将开往哪里,那里会有怎样的风景。她每天都惦记着中方,却迟迟见不到中方的影子,于是,她把心中的思念和牵挂都搓进了墙角的那根草绳,草绳越搓越长,然而,她的心却如断了线的风筝,孤独地游荡着,又仿佛是中方远行的路,无限漫长又无限辽阔,她仅剩的风烛残年,又怎么可能追随中方而去?

多少次花开,多少次叶落,她始终相信,中方肯定也同样很惦记着她,只是工作太忙,所以暂时不能回来,她也相信,中方将来一定会有出息,可是,最终,她,什么也没有等到。

倘若可以,中方愿意用生命中任何东西来换再见姥姥一面,哪怕是彼此都不说话,娘儿俩就那么默默地彼此看着,或者是坐下来,为姥姥亲自画一幅画像,把心中的爱和眷恋化作细腻的笔触,画它个淋漓尽致。但此刻,这原本很简单的事情却成为了一种不可能做到的奢侈。

中方突然想到了什么,赶忙跑到屋里,靠近床边的东墙上,一个空荡荡的相框孤零零地挂在墙上,照片不见了。

正当中方感到蹊跷的时候,大姨走了过来,叹了口气,对中方说:"恁姥姥生前把照片都烧了。"

中方更加纳闷了,问大姨:"为什么啊?"

"她说她不想让咱看着她的相片难受,看不着的话,过些天也就慢慢忘了。"

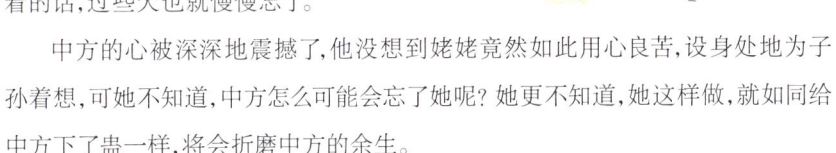

中方的心被深深地震撼了,他没想到姥姥竟然如此用心良苦,设身处地为子孙着想,可她不知道,中方怎么可能会忘了她呢? 她更不知道,她这样做,就如同给中方下了蛊一样,将会折磨中方的余生。

看着静静躺在床上的姥姥,中方的泪水再一次决堤。

那天夜里,借着昏暗的灯光,和着泪水和悲伤,中方用饱含深情的线条在一张发了黄的纸上勾勒出了一幅他印象中姥姥的轮廓。

也就是从那天开始,姥姥变成了中方心里不能言说的痛和不能触碰的致命伤。

二十四　七夕的来信

中方越来越发现,其实自己是一个特别怀旧的人,不仅怀念姥姥,也怀念那个年代。记得那时候,大人不在家,自己出去玩时,还要托邻居给传话;那时候,听一声布谷鸟叫就感觉拥有了整个春天;那时候,坚信拉勾勾就是最好的承诺;那时候,同桌的小姑娘多看了自己两眼,都会害羞得脸通红;那时候,黑子还围着自己活蹦乱跳,偶尔还会舔自己的小脚丫;那时候,还没有手机,最常见的联络方式就是写信;那时候……那一幅幅难忘而又动人的画面被滚滚转动的历史车轮碾得粉碎。时间啊!你真是个无情的东西!

想到了这,中方已记不清上一次收到手写的信是多少年前了,如今,指尖文化早已取代了笔尖文化,谁还会傻乎乎的写信呢?可是生活就是这么神秘莫测,永远让你捉摸不透。

二〇一六年,七夕这天,中方竟真收到了一封信,一封地地道道手写的信。信的落款地址就是中方的包饼店,从邮递员手中接过信的那一瞬间,中方仿佛闻到了久违的墨香,他怀着神圣的心情拆开了信封,里面两张对折的信纸。中方小心翼翼地展开了信,只见上面是这么写的:

中方:

你好!

我能想象得出,你收到这封信的时候肯定很意外。是的,在这个昼夜由霓虹操纵、季节被空调颠覆、山水进入画框的时代,手写书信几乎退出了历史舞台。但,我记得你曾这样跟我说过,你说话是听的,而信是看的,一句话听完就没了,但写出来就不同了,看几遍就是几遍,字,不但跑不掉,而且愈看味道愈浓。你还说,读信的人能顺着笔触感受到写信人书写时的姿态和表情。

知道我是谁了吧?或许你根本不想提及我,因为我们彼此都伤害过。正如你那天所说,我的内心深处并不喜欢那个男人,结婚还不到一年我们就离了。离婚后,我开始寻找自己的亲生父母,但仅凭我一己之力简直是大海捞针。后来,是中央电视台《等着我》栏目组帮我完成了夙愿。我这才知道,原来我记忆里的"楼"其实是云南昆明滇池边上的"大观楼",记忆里的"莲"其实是"联",正是大观楼上的天下第一长联。我的家就在离大观楼不远的村子,这是个特别漂亮的地方,就像咱当年的抱子沟那样纯净唯美。

我也不知道为何,当我找到亲生父母后,最想分享喜悦的人就是你了,几经打听,才得到了你的联络地址。

如果有机会的话,你一定要来我的家乡玩。这样吧,我把那副描绘我家乡美景的长联抄下来给你,让你先感受一下吧:

五百里滇池,奔来眼底,披襟岸帻,喜茫茫空阔无边。看:东骧神骏,西翥灵仪,北走蜿蜒,南翔缟素。高人韵士何妨选胜登临。趁蟹屿螺洲,梳裹就风鬟雾鬓;更苹天苇地,点缀些翠羽丹霞,莫孤负:四围香稻,万顷晴沙,九夏芙蓉,三春杨柳。

数千年往事,注到心头,把酒凌虚,叹滚滚英雄谁在?想:汉习楼船,唐标铁柱,宋挥玉斧,元跨革囊。伟烈丰功费尽移山心力。尽珠帘画栋,卷不及暮雨朝云;便断碣残碑,都付与苍烟落照。只赢得:几杵疏钟,半江渔火,两行秋雁,一枕清霜。

怎么样?心动了吧?我在滇池边等着你哦!

最后感谢你给我留下了那段美好的回忆,虽然短暂,但我会一直把它珍藏在心底。对了,我父母在这边给我介绍找了个婆家,那小伙就像当年的你,简单、淳朴,我会跟他讲你的故事,以后还会跟我的孩子讲。说真的,如果上天再给我一次选择的机会,我还会选择被那辆摩托车撞倒在我们相识的那个路口。
　　　　好了,祝你事业有成!全家幸福!
信,没有署名,但中方当然知道这是陈瑜写的。
隔壁的KTV里响起了音乐,恰好是中方此时心情的写照:
时光一去永不回,
往事只能回味。
忆童年时竹马青梅,
两小无猜日夜相随。
春风又吹红了花蕊,
你已经也添了新岁。

二十五　水落而石出

"这就是我的故事。"中方一句话把观众从他的传奇故事里带回了比赛现场。他如释重负地来了个深呼吸,接着他问观众:"你们是不是想问我为何会出现在这里?"

观众们连连点头。

"就在今天上午,我正收拾东西准备回老家过年,却意外收到了一份快递。打开后,里面只有一张照片。"说着中方从口袋里摸出了那张照片,展示给观众们看,"就是这张,我当时就认出了这是我姥姥的脚。"

观众们都好奇地瞪大了眼睛,想看得清楚一点。

中方却把照片翻了过去,说:"你们看,照片的背面写着让我到'今夕是何年'里找谜底,于是,我冒冒失失地就来了。再后来的事你们都知道了。"

谁都不曾想到,一张小小的照片竟然牵出了这么多故事,中方能够答对所有问题的谜底揭开了,而此时,人们最关心的莫过于那张照片到底是谁寄的。

"啪!啪!啪!"舞台一侧的嘉宾席上传来了单调又清脆的鼓掌声,人们定睛一看,鼓掌的是嘉宾艾女士,或者说是罗燕,她站了起来,向舞台中央走来,她的一举一动都牵动着人们的神经。她盯着中方,冷笑着说:"果然是巧舌如簧啊,不当编剧真是太可惜了,照片是我寄的,没错!我就是罗燕!"

人们的心再一次提到了嗓子眼。

中方仔细地看着面前这位罗燕,既像,又有些不像。他和所有的观众一样,百思不得其解。于是,他提出了心中的疑问:"如果你真的是罗燕,那为何你的样子和声音都变了?还有,人,也变了。"

罗燕收起了笑容,她指着中方质问:"我变了?借用你朋友陈瑜的话,你有什么资格说我变了!你陪我经历了什么!"平定了一下自己的情绪后,她接着说:"没错,我现在的这张脸早已经不是从前的那张了。"

观众们面面相觑,他们在心里揣测着。

罗燕的眼里噙着泪光,情绪再次激动起来,说:"我的身上上演了一场现实版的《画皮》,而这一切全拜你所赐!"

中方有点蒙了,疑惑地说:"可是我都几年没见你了,怎么会跟我扯上关系呢?"

罗燕不屑地看着中方,说:"别急啊!我原本让你来这里的目的,就是想借此机会向所有人公布你这个无情的人给我造成的伤害有多大。谁知你阴差阳错地竟然参加了比赛,还匪夷所思地得了冠军,不过也好,这样会有更多的观众将知道真相。"

这时,只见戏台后面的背景屏幕上,花好月圆的画面消失了,取而代之的是一则新闻报道的视频:

"据本台记者报道,六月二十七晚八点三十分左右,台湾新北市八仙水上乐园正举办派对,工作人员喷洒大量彩色粉末营造欢乐气氛,突然间,舞台左方的泡沫机喷射口起火,火苗随即沿着弥漫在舞池的粉尘燃烧,产生连锁爆炸窜烧,现场一度陷入混乱,惨叫声此起彼伏,画面惨不忍睹。截至目前,据新北市'卫生局'统计数据显示,事故已造成五百一十六人受伤,其中,重伤一百九十四人。"

"我就是那一百九十四人中的一个。"罗燕的话音刚落,屏幕上立即出现了一组照片,四张血肉模糊的图片,分别是脸、胳膊、腹部和腿部的特写,触目惊心。"没错,画面上的人就是我,我忍受万般疼痛,连续做了六次整容修复手术,才变成了现在的样子。"

观众们听了,震撼不已。

中方却不解地问:"可是我还没听明白,你的意外怎么是我造成的呢?"

罗燕点着头说:"问得好!没错,自从那次在拘留所外分开后,我们便没见过面,但你却先违背了你自己提出的三年之约,就在我出事的那天,你突然发来一条信息,说你马上就要结婚了,只不过新娘不是我,让我别再打扰你的生活了,还说从来都没有真正喜欢过我,我当时就气得喘不过气来,我拨你的电话,但你却早已关机,于是我走出家门,想出去透透气,就来到了离家不远的八仙水上乐园,也就赶上了那场震惊两岸的事故。你说,你算不算是罪魁祸首呢!"

中方看着罗燕的眼睛说:"如果我说那信息不是我发的,你信吗?"

罗燕轻蔑地笑了笑,说:"你觉得呢?"

中方面带难色地说:"非要我当着这么多人说出真相吗?"

"说就是了,难道你怕了?"

中方咬了咬嘴唇,说:"好吧,那天,分别后,我突然得到了姥姥离世的噩耗,那真的不亚于晴天霹雳,由于急着回老家奔丧,仓忙中不仅忘记了带手机,连房门都忘记带上。等回来以后才发现,落在床上的手机不见了,而蹊跷的是,跟手机放在一起的几十块钱却分文未少,当我到保安室调取监控录像查看的时候,令我无论如何都没想到的是,监控画面里竟然出现了你爸的身影。我实在不想再跟他有任何的牵连,于是就放弃了报案,不信的话你可以亲自到我们小区保安室去求证核实。"

事情总算真相大白了,而罗燕似乎一时半会还无法接受这个现实。原来,她一直以来都恨错了人,这既是她所不希望的,同时又是她所希望的,纠结之余,她的心却终于释然了。

倒是中方愈加纳闷了,他皱着眉头说:"可我还有一事不明,你怎么会有我姥姥的照片呢?"

其实观众们对这个未解之谜也很疑惑,都屏息凝神地等待着罗燕来揭开最后的谜底。

罗燕长叹了一口气后,说出了她和姥姥之间的故事。

二十六　照片的秘密

当初中方撒谎骗罗燕,说回老家照顾生病的姥姥,之后就失联了,中方原本以为这样就可以从罗燕的世界里销声匿迹了,殊不知,自己的身份证却落在了罗燕家里,痴情又单纯的罗燕竟然决定按照身份证上的地址去找中方,可一个台湾人在大陆找一个名不见经传的小村子,谈何容易?

几经周折后,她的车停在了一个路口,按照地图上标注的信息,这个路口应该就是通往前细柳村的,但放眼望去,路的方向只有一望无际的麦田,根本没有什么村庄。

就在罗燕犯难之际,她惊喜地发现,一位老人坐在路口的桥边正看着自己,老人身旁还有条黑色的狗。

于是罗燕下了车,向老人走去。他刚要开口,那条黑狗却凑上前来,着实吓了罗燕一跳,好在黑狗很友好,像见到老朋友一样,围着罗燕又是嗅又是舔的,兴奋得摇头摆尾。

老人笑呵呵地说:"黑子,你赶快回来,可别吓着人家丫头。"

"黑子"看了看主人,却没回去,依然兴奋地对着罗燕嗅着舔着。

"诶?你今天咋不听话了呢?快回来!黑子!"

罗燕笑着说:"没关系,阿嬷。"

"阿嬷?"老人应该是第一次听到这个称呼,所以显得有点意外。

罗燕赶忙解释说:"噢,我老家那边管奶奶、姥姥都叫阿嬷。对了,阿嬷,我问你一下哈,去前细柳村是不是走这条路啊?"

老人指着脚下的这条路说:"对!就这条路,一直往前走,下了坡,走到底就是前细柳。"

罗燕连连点头说:"谢谢!谢谢!谢谢阿嬷!"

老人慈祥地看着罗燕,说:"不用谢,丫头,你是走亲戚的吧?"

"嗯,是的,我有个好朋友叫中方,就住在那个村。"

老人脸上露出惊讶的表情,说:"啊?中方?中方是俺外孙子哎!"

罗燕很意外,瞪大了眼睛,说:"不会吧?这么巧啊!"

老人指着黑狗说:"你看,这就是中方家的狗,怪不得它跟你那么亲呢,原来你身上留下了它主人的味道。"

罗燕害羞地低下了头,然后小声问阿嬷:"阿嬷,你的病早就好了哈?"

被这么一问,老人显然有点摸不着头脑,疑惑地说:"我没有病啊,你别看我年纪大,身体可好着哩!呵呵。"

直到此刻,罗燕才明白,原来回老家照顾生病的姥姥,只是中方敷衍自己的借口而已,想到这,罗燕笑着说:"对不起噢,阿嬷,我记错了,是我另一个朋友的姥姥生病了。对了,那中方现在在家吗?"

老人显得有些失落,这时候,黑子似乎读懂了主人的心思,它耷拉着脑袋,很懂事地走到老人身旁,舔着老人那满是皱纹的手,像是在安慰她。沉默了片刻,老人叹了口气,说:"我都一千四百三十五天没见到他了。"

"啊?!"罗燕感到很意外,"您还算着天数呢。"

老人很自豪地点了点头,笑着说:"对啊!中方他从小就在俺家,我看着他一点点长大的,现在他要忙自己的事情,所以就没空回来了。因为俺临沭不通火车,他每次坐火车都要到东海县转。有一回,俺庄上有个人说他在东海到临沭的公交车上碰见中方了,中方告诉他说自己是回来补身份证的,本想到俺家看我的,但时间太紧,只好等下回了,我听说了这事以后,就寻思着,你说假如那天我要坐在这个路口,当中方坐车经过的时候看到了我,他就算再忙也会下车给我说句话的,所以从那以后,我就天天来这里守着,盼着他下次经过。"

听了老人的话,罗燕感觉心里酸酸的,她被老人对外孙子的那份爱深深地感动了。得知中方此时并没有在老家,罗燕便说:"阿嬷,既然中方不在家,那我就回去了。"

老人却上前一把抓住了罗燕的手,说:"那哪成啊?你说你大老远来的,这都到家门口了,怎么能回去呢?中方不在,不是还有我这个老太婆在吗?走!上俺家去!"

老人的热情让罗燕有点意外,盛情难却之下,罗燕就答应了,其实,她也很好奇中方到底是成长在一个什么样的环境里。

于是,在这条乡间小路上,一个年轻的台湾姑娘开着车,身旁坐着一位年老的大陆阿嬷,黑子欢呼雀跃地跑在前面带路,路两旁的农田里麦浪涌动,那画面美得令人陶醉。

不一会儿,车便停在了老人的小院门口。走进小院,罗燕立刻就被浓浓的乡土气息给重重包围了。她真是喜欢极了这个农家小院,这里的一切对她来说,都是那么的新鲜。

老人用自家小院里土生土长的食材给罗燕做了一桌妙不可言的美味,吃得罗燕都不舍得离开了。

老人那双奇特的脚,也吸引了罗燕极大的好奇。在她追问之下,阿嬷跟他讲了裹脚的故事。

罗燕真希望时间能够停滞在这里,但时间就是时间,怎么可能会停滞呢?于是她把在这里的所见所闻都浓缩进了相机里,所以,才有了后来中方收到的那张照片。事实上,那只不过是上百张照片里的一张而已。

至此,一切谜底都水落石出了,误会也迎刃而解了。

二十七　终皆大欢喜

台下响起了热烈的掌声,而台上的中方和罗燕却显得有点尴尬了。

这时,一直插不上话的主持人终于捕捉到机会了:"所有在场和在线观看我们节目的观众朋友们,感谢你们的支持!真没想到一张小小的照片,竟然牵出了这么多故事,更想不到二十一道题竟浓缩了一个人的成长经历。当所有的谜被一一解开时,我们不禁感叹,我们这个有着几千年文明历史的东方大国积淀下来的文化是如此神奇、深奥!还有就是,通过中方的故事,我们明白了一个道理,及时沟通,是一件多么重要的事情啊!人与人之间及时沟通,可以打开心结,可以化解矛盾,可以消除仇恨,可以不留遗憾。树欲静而风不止,是树和风没有沟通好,子欲养而亲不待,则是沟通得太晚了。在这里,希望所有正处于'冷战'中的亲人们、恋人们、朋友们,你们醒醒吧,不要再装睡了,不要再'冷'了,及时沟通,避免不必要的伤害,别等将来错过了、失去了,才追悔莫及。相信此时此刻,所有观众和我一样,有一个共同的心声,来大声喊出来吧!"

观众们自然心领神会,目光齐聚舞台上的中方和罗燕,异口同声地喊着:"在一起!在一起!在一起……"

罗燕嫣然一笑,说了句出乎所有人意料的话:"晚了。"

现场顿时安静了下来,罗燕脸上并没有人们想象中的遗憾,而是洋溢着幸福,她轻轻理了理额前的头发,说:"我这颗心,早已另有所属了。那场粉尘燃烧事故对于一个爱美的姑娘来说,打击可想而知,那段时间,我的人生再一次陷入了无边的黑暗。一个人的外表的伤好治,而内心的伤却难医,就在此时,一缕阳光照进了我的黑暗,照亮了我的人生。他教我内外兼修,才有了我今天的样子。他姓艾,这也是我称自己为艾女士的缘故。他还有个很好听的名字,叫大陆。他生长在一个中医世家,现在是一名出色的医生。此刻,他正坚守在自己的岗位上,所以不能亲临现场。"

中方笑了,感慨地说:"只要你别像你爸说的嫁给日本人或者美国人,我就没有什么遗憾的。何况你遇到了一个如此会体贴照顾你的大陆,我由衷地为你感到高兴!"

罗燕点点头,说:"谢谢你,其实不是所有的爱情都要开花结果、瓜熟蒂落,有时候,错过是为了给你的真爱让路。"

罗燕看着中方,深情地说:"其实你已经是我生命里不可分割的一部分了,是我永远的好朋友。这样吧,我即兴作诗一首,赠给你,如何?"

中方点点头说:"求之不得!"

"如果说我不喜欢你,
那是假话。
如果说我很爱你,
那太牵强。
我对你的感情,
介于喜欢和爱之间。

走近你,
生怕失去。
远离你,
时时想起。
那就让我们,
简简单单,
神神秘秘,
做最好的知己。

纵然不能在天比翼，
却可在地连理。
因为我们，
生长在同一片土地，
都是中华儿女。"

首届"东方之谜"中国传统文化大会到此圆满结束！

窗外，一棵老树已发出了新芽，枝丫间，一只刚出生的小鸟正在观察着这崭新的世界。

春，提前来了。

附一　互动小游戏

小说读完了,让我们来做个互动小游戏吧!

下面是一组本书插图摄影作品的名称,聪明的读者朋友,你能找出相对应的那张照片么?

伞　艳遇　新生　二重唱　甜蜜的负担

家有儿女　新兵上阵　绿岛小夜曲　花为媒

附二　中国的世界遗产名录

中国作为著名的文明古国,自一九八五年加入世界遗产公约,至二〇一六年七月,共有五十个项目被联合国教科文组织列入《世界遗产名录》,其中世界文化遗产三十一处,世界自然遗产十一处,世界文化和自然遗产四处,世界文化景观遗产四处。源远流长的历史使中国继承了一份十分宝贵的世界文化和自然遗产,它们是人类的共同瑰宝。

世界文化遗产
周口店北京人遗址

甘肃敦煌莫高窟

长城

西安秦始皇陵及兵马俑坑

北京故宫

武当山古建筑群

曲阜孔庙、孔林、孔府

承德避暑山庄及周围寺庙

布达拉宫(大昭寺、罗布林卡)

苏州古典园林

山西平遥古城

云南丽江古城

北京天坛

北京颐和园

重庆大足石刻

皖南古村落西递、宏村

明清皇家陵寝

河南洛阳龙门石窟

四川青城山和都江堰

大同云冈石窟

高句丽王城、王陵及贵族墓葬

澳门历史城区

安阳殷墟

开平碉楼与村落

福建土楼

河南登封天地之中古建筑群

元上都遗址

云南红河哈尼梯田

中国大运河

丝绸之路起始段和天山廊道的路网

中国土司遗址

世界自然遗产

四川九寨沟

四川黄龙

湖南武陵源

云南三江并流

四川大熊猫栖息地

中国南方喀斯特

江西三清山

中国丹霞

中国澄江化石地

中国新疆天山

湖北神农架

世界文化与自然遗产

山东泰山

安徽黄山

福建武夷山

四川峨眉山乐山大佛

世界文化景观遗产

江西庐山

山西五台山

杭州西湖文化景观

左江花山岩画文化景观

附三　那些年，我们一同走过

▲ 前细柳村育红班师生集体留念

▲ 细柳完小学一九九六级五二班毕业合影

▲ 店头中学一九九九级八班师生家长合影

▲ 临沭二中二〇〇二级美术班师生留影

▲ 临沭二中二〇〇三级美补一班师生合影

附四　致父亲的一封信

我对你的感激从不提及，
却暗藏心底。
我对你的批评嘴上不听，
却奉为真理。
从牙牙学语到二十好几，
我惊奇地发现了一个秘密，
在我的灵魂和观念里，
无处不在你的影子，
我渐渐开始读懂了你。
你看似小家子气，
其实是深明大义。
你对我的苛刻严厉，
只是因为你不希望我的人生剧本
演绎成你的续集。
你习惯了把爱偷偷藏匿，
藏匿在粗糙的双手里，
藏匿在如雨的汗水里，
藏匿在笔直的田垄里，
藏匿在悠扬的笛声里，

藏匿在眼角的皱纹里，
藏匿在悄悄帮我调正的后视镜里。
你是一个长期被我忽略的天使，
以后我会告诉我的儿子，
他的爷爷是多么的了不起。
倘若真的还有来世，
我乞求上帝，
让我们再做父子。